CLAIRE
CATALANZI

OU

LA CORSE EN 1736,

PAR

L'AUTEUR DU DUC DE GUISE A NAPLES,

LE COMTE A. DE PASTORET.

TOME PREMIER.

𝔓𝔞𝔯𝔦𝔰,

CHARLES GOSSELIN ET W. COQUEBERT,

9, RUE SAINT-GERMAIN-DES-PRÉS.

M DCCC XXXVIII.

CATALOGUE

DES

OUVRAGES DE FONDS ET D'ASSORTIMENT

DE LA LIBRAIRIE

CHARLES GOSSELIN

ET

W. COQUEBERT,

Libraires-Éditeurs,

9, Rue Saint-Germain-des-Prés,

Paris.

MAI 1838.

OUVRAGES

PUBLIÉS

PAR SOUSCRIPTION.

WALTER SCOTT,

TRADUCTION NOUVELLE

Par A.-J.-B. Defauconpret,

Conforme à l'édition d'Edimbourg,

CONTENANT

**LES ROMANS HISTORIQUES, LES ROMANS POÉTIQUES,
ET L'HISTOIRE D'ÉCOSSE,**

ORNÉE DE 120 VIGNETTES, VUES PITTORESQUES, PORTRAITS, TITRES GRAVÉS
ET CARTES,

ET D'UN BEAU PORTRAIT

DE WALTER SCOTT.

---

30 volumes in-8, publiés en 230 livraisons.

Prix de la livr. 50 c.

L'ouvrage est maintenant terminé, et forme 30 volumes
in-8, ornés de 121 gravures. Prix: 115 fr.

OEUVRES

DE

WALTER SCOTT

NOUVELLE SOUSCRIPTION,

Ornée seulement de 3o titres gravés avec vignette.

3o *volumes in-8°, papier fin satiné.*

Les 3o volumes in-8 sont publiés en 3o livraisons d'un volume chaque.

Le prix de chaque livraison d'un volume avec titre gravé est de 2 fr. 75 cent.

Les 3o volumes in-8, avec 3o titres gravés, peuvent être immédiatement livrés. Prix :   82 fr. 5o c.

La traduction de WALTER SCOTT par M. Defauconpret a été exécutée dans un espace de quinze années, et avec cette sage lenteur qu'il est nécessaire d'apporter dans un pareil travail. A chaque réimpression (et elle en a eu plus de vingt-cinq) elle a été revue avec soin sur le texte, non seulement par le traducteur, mais encore par M. Amédée Pichot, traducteur de *Lord Byron* et auteur de l'*Histoire de Charles-Edouard*. — Les éditeurs ajouteront encore que M. Defauconpret a constamment fait son premier travail sur les manuscrits et sous les yeux de Walter Scott lui-même, qui non seulement voulut bien approuver sa traduction, mais qui encore profita des notes de MM. Defauconpret et Amédée Pichot, pour l'édition définitive qu'il publia avant sa mort. Cet exposé suffira pour démontrer la supériorité nécessaire de la traduction de M. Defauconpret sur toute traduction nouvelle qui ne pourrait être faite qu'à la hâte, puisqu'il faudrait l'exécuter dans un court espace de temps.

COMPLÉMENT

DE TOUTES LES ÉDITIONS DES

OEUVRES DE WALTER SCOTT,

TRADUITES

PAR A.-J.-B. DEFAUCONPRET,

RENFERMANT

LES

MÉMOIRES

DE

WALTER SCOTT,

COMMENCÉS PAR LUI-MÊME

ET CONTINUÉS AVEC LES MATÉRIAUX QU'IL AVAIT PRÉPARÉS
ET SA CORRESPONDANCE,

Par J.-G. Lockhart, son gendre.

SUIVIS DE SES

OEUVRES HISTORIQUES ET LITTÉRAIRES,

AVEC DES NOTES ET NOTICES

PAR M. AMÉDÉE PICHOT.

———

10 volumes in-8,
papier fin satiné, ornés de 3o gravures, vues, portraits ou titres gravés,
publiés en 8o livraisons à 5o centimes.

———

La gloire de Walter Scott comme romancier est immense. Il y a dans
ses ouvrages d'imagination non seulement une si grande variété d'intérêt
pour toutes les classes de lecteurs, mais encore tant de sujets d'études pour
les littérateurs eux-mêmes, qu'ils pourraient suffire à justifier les titres
divers par lesquels on désigne leur immortel auteur : poëte, historien, mo-

raliste, biographe, critique, antiquaire; car Walter Scott est tout cela dans la série de fictions qui commence à *Waverley* et se termine au *Château Périlleux*. Il est vrai de dire cependant que Walter Scott serait encore un des écrivains les plus remarquables de ce siècle, quand il n'aurait pas écrit un seul des romans qu'on ne peut jamais attribuer sérieusement qu'à lui, à lui seul, alors qu'il gardait si bien ce secret de sa réputation anonyme trahi tout-à-coup par une catastrophe qui lui fit déployer comme homme un si beau caractère. On ne connaît donc pas Walter Scott tout entier, quand on n'a lu que ses romans en prose et ses romans en vers, pas plus qu'on ne connaît Voltaire, quand on n'a lu que son théâtre et ses poésies.

Une autre considération recommande les œuvres littéraires de sir Walter Scott. Dans ses romans, l'auteur disparaît derrière ses acteurs, les allusions à sa personnalité sont rares; jusqu'à ses préfaces qui sont des fictions pour mieux dérouter le lecteur; et cependant, à cause de cela même, quel écrivain inspira jamais une curiosité plus vive sur ses habitudes domestiques, son caractère, sa vie intérieure, ses relations avec le monde, et ses prodigieuses études? Car de tous ces personnages empreints d'une réalité si frappante, combien il en est qui n'ont pu être si vrais que parce que ce sont des portraits d'après nature, des portraits comme le pinceau d'un grand peintre peut seul en faire, mais dont les originaux ont existé, les uns au nombre de ses contemporains, les autres avec lesquels il a vécu aussi dans une espèce d'intimité par la magie de son érudition! Eh bien! la clef des fictions de Walter Scott, le secret de son génie, voilà ce qui nous est révélé dans ses histoires, ses biographies, ses travaux de critique, ses voyages, ses lettres, et tous ses articles de Revue si pleins d'anecdotes et de fines observations. En un mot, on peut regarder les *Mémoires* de Walter Scott et sa *Correspondance* comme une histoire anecdotique de toutes les illustrations contemporaines de la Grande-Bretagne, un véritable pendant à l'Histoire littéraire du docteur Samuel Johnson, pendant le siècle dernier.

La mort, en arrachant la plume aux mains de l'illustre romancier, nous a du moins donné en dédommagement le legs précieux d'un fragment d'autobiographie qui achèvera la révélation de son caractère et de ses études. Ces Mémoires, commencés par lui et continués par son gendre, avec le secours de ses notes et de sa correspondance, viennent se placer naturellement en tête de ses œuvres littéraires. Un commentaire aussi curieux ajoute singulièrement à l'intérêt des écrits où Walter Scott parle en son propre nom, et ne prête plus ses idées à des personnages de roman.

Les éditeurs de ses œuvres ne pouvaient donc priver leurs souscripteurs d'une publication aussi importante que celle qui doit compléter plus particulièrement l'édition in-8°.

Le complément des œuvres de Walter Scott ne formera pas moins de dix volumes, mais il ne dépassera pas ce nombre. Ce complément comprendra deux parties bien distinctes, quoique tous les deux se tiennent : les mémoires, la correspondance et les œuvres littéraires. Cette seconde partie, dont plus de la moitié n'a jamais été traduite, se compose de plusieurs subdivisions, et, comme on le voit par les tables de matière, l'ensemble peut être appelé une véritable histoire de la littérature anglaise. Ce titre sera justifié surtout par le classement des divers ouvrages et les notes que doit y ajouter l'auteur qui nous a paru le plus propre à ce travail, M. Amédée Pichot, si connu par son *Voyage en Ecosse* et son *Histoire de Charles-Edouard*. M. Amédée Pichot, qui le premier a fait connaître en France, non seulement lord Byron, mais encore ses plus célèbres rivaux, correspondait lui-même avec Walter Scott, et recueillait depuis long-temps les matériaux d'une notice littéraire sur le romancier écossais. Cette notice sera en partie fondue dans son commentaire.

TABLE DES MATIÈRES

Conditions de la Souscription

AU

COMPLÉMENT

DES OEUVRES DE WALTER SCOTT.

Le Complément des OEuvres de Walter Scott formera dix volumes in-8°, imprimés, comme l'ont été les *romans historiques* et les *romans poétiques*, par H. Fournier, sur papier fin des Vosges satiné. Ces volumes seront ornés de gravures, portraits, vues ou titres gravés avec vignettes, et publiés en 80 livraisons.

Il paraît une ou deux livraisons par semaine.

Chaque livraison est composée de 3 feuilles de texte (ou 48 pages) et d'une gravure, ou de 4 à 5 feuilles (64 à 80 pages) sans gravure.

Le prix de chaque livraison est de 50 centimes.

Les *souscripteurs habitant Paris* qui paieront vingt livraisons à l'avance, les recevront à domicile et sans frais.

Les *souscripteurs des départements* pourront s'adresser aux libraires de leur ville, qui leur fourniront les livraisons au prix de Paris.

J. Fenimore Cooper,

Traduction nouvelle

PAR M. DEFAUCONPRET.

NOUVELLE ÉDITION,

ORNÉE DE 55 VIGNETTES, TITRES GRAVÉS ET CARTES.

---

14 vol. in-8, divisés en 98 livraisons. Prix de chaque livraison : 50 c.

L'ouvrage est maintenant terminé, et forme 14 volumes in-8, ornés de 55 gravures. Prix : 49 fr.

9

ŒUVRES COMPLÈTES

DE

LORD BYRON,

Traduction

DE M. AMÉDÉE PICHOT,

ÉDITION AUGMENTÉE D'UNE NOTICE HISTORIQUE SUR LORD BYRON,
DES NOTES ET DES PIÈCES INÉDITES CONTENUES DANS LA DERNIÈRE ÉDITION
PUBLIÉE A LONDRES;

6 volumes in-8, avec 13 vignettes sur acier,

d'après

MM. ALFRED ET TONY JOHANNOT,

Publiés en 40 livraisons. Prix de chaque livraison : 5o c.

L'ouvrage est maintenant terminé, et forme 6 volumes in-8 ornés de 13
gravures. Prix : 20 fr.

LES MÊMES ŒUVRES, 10e édition, 1 vol. in-8, grand papier jésus
vélin, avec gravures. Prix : 15 fr.

ŒUVRES COMPLÈTES

DE

LAMARTINE

ÉDITION ILLUSTRÉE,

ORNÉE

DU PORTRAIT DE L'AUTEUR DESSINÉ PAR H. DUPONT,

DE 3o VIGNETTES, VUES OU PORTRAITS,

GRAVÉS SUR ACIER PAR LES PLUS HABILES ARTISTES, D'APRÈS LES DESSINS

DE MM. ALFRED ET TONY JOHANNOT

et autres peintres célèbres;

DE 4oo VIGNETTES, CULS-DE-LAMPE, FRONTISPICES, TÊTES DE PAGES,
FLEURONS OU LETTRES ORNÉES GRAVÉS SUR BOIS

PAR PORRET,

D'APRÈS LES DESSINS DE MM. FOUSSEREAU, MARCK, A. MENUT,
GERENTE, TRIMOLET, BELAIFE, etc.;

DE DOUZE TITRES GRAVÉS AVEC GRANDES VIGNETTES

DESSINÉS

PAR ALFRED JOHANNOT ET GRAVÉS PAR PORRET;

Et de la musique de plusieurs pièces de vers par M. Nieder-Mayer.

10 vol. in-8, papier cavalier vélin.

Conditions de la Souscription.

Les œuvres complètes de M. Alphonse de Lamartine, édition illustrée, ornée d'un portait de l'auteur, de 30 vignettes, vues ou portraits, gravés sur acier, de 400 vignettes sur bois, de 12 titres gravés avec vignettes, et de musique, etc., formeront 10 gros volumes in-8, sur papier cavalier vélin des Vosges, des fabriques de Krantz fils aîné, et imprimés par Éverat.

Cette édition paraîtra, chaque semaine, par livraison contenant environ deux feuilles de texte, avec une gravure en taille douce sur acier, ou plusieurs gravures sur bois. — Le prix de chaque livraison est de 50 c. La collection complète formera de 140 à 150 livraisons.

Les souscripteurs de Paris qui paieront 20 livraisons d'avance, les recevront à domicile et franches de port.

Les souscripteurs des départements qui paieront d'avance 50 livraisons, auront à ajouter 5 fr. pour les recevoir franches de port. Il sera fait sur eux, d'après leur demande, un mandat de 30 fr., payable à vue et à leur domicile ; et à moins de contre-ordre, la même mesure sera prise successivement pour les livraisons 51 à 100, et 101 à 150.

Extrait du Prospectus.

Aucune époque de la vie de notre illustre poëte ne pouvait être mieux choisie pour la publication d'une nouvelle et magnifique édition de ses œuvres, que celle où M. de Lamartine vient de donner au public son épisode ou plutôt son admirable poëme de *Jocelyn*. La renommée du poëte des *Méditations* et des *Harmonies* en est de nouveau agrandie, comme celle du prosateur, déjà si bien établie par le style correct et châtié de ses belles improvisations à la tribune nationale, l'a été par les *Notes d'un voyageur en Orient*. Les éditeurs ont réuni, pour concourir à embellir cette édition illustrée, et les plus habiles peintres ou dessinateurs, et les graveurs les plus distingués en tout genre. Le texte, pour lequel ils ont employé les meilleures de nos fabriques de papier, et les presses du plus soigneux de nos imprimeurs, sera digne des ornements dont il est accompagné. Enfin, en poésie, en peinture, en dessin, en gravure, en papier comme en typographie, ce livre attestera les progrès de l'art en France en 1836.

Cette édition renfermera tout ce qu'a publié notre illustre poëte, en y comprenant son épisode de *Jocelyn*.

N. B. La *Chute d'un ange*, nouveau poëme de M. de Lamartine, sera ajouté à cette édition des œuvres complètes.

ŒUVRES COMPLÈTES

DE

CHATEAUBRIAND,

25 vol. in-8, sur papier superfin satiné des Vosges,

ORNÉS

DE 30 GRAVURES EN TAILLE DOUCE SUR ACIER,

D'APRÈS ALFRED ET TONY JOHANNOT ET LÉON COGNIET,

EXÉCUTÉES PAR LES PLUS HABILES ARTISTES.

Seule Édition complète,

AUGMENTÉE POUR LA PREMIÈRE FOIS

de deux ouvrages inédits de M. de Chateaubriand,

INTITULÉS

ESSAI SUR LA LITTÉRATURE ANGLAISE,

ET CONSIDÉRATIONS SUR LES TEMPS, LES HOMMES ET LES RÉVOLUTIONS;

ET TRADUCTION NOUVELLE ET COMPLÈTE

du

PARADIS PERDU DE MILTON.

Prix : 100 fr.

Extrait du Prospectus.

On a publié, dans ces dernières années, un grand nombre d'éditions des œuvres de M. de Chateaubriand, qui ont toutes été épuisées en très peu de temps. Leur nombre est loin d'avoir fatigué l'empressement du public, et quoique venant les derniers, nous osons espérer qu'une nouvelle édition *complète pour la première fois* des œuvres de ce grand écrivain ne sera pas moins favorablement accueillie que celles qui l'ont précédée.

M. de Chateaubriand est jugé depuis long-temps ; il est du petit nombre des auteurs qui, de leur vivant, ont fait autorité dans la littérature, et il faut reconnaître qu'il a bien mérité cette haute distinction par l'étendue et la variété de ses connaissances, l'élégance et la magie de son style.

Tous les grands principes de religion, de morale et de politique, ne sont nulle part développés avec autant de clarté, d'éloquence et de conviction, que dans ces ouvrages, où l'auteur se montre tour à tour poëte, orateur, historien, romancier, et toujours écrivain supérieur.

Deux ouvrages importants et inédits de M. de Chateaubriand : Un *Essai sur la Littérature anglaise*, depuis son origine jusqu'à lord Byron, suivi de Considérations sur les temps, les hommes et les révolutions, et une traduction nouvelle du *Paradis Perdu* de Milton, faite sur le texte complet publié récemment par Sir Egerton Bridges, compléteront la série des œuvres de notre grand écrivain.

CONDITIONS DE LA SOUSCRIPTION.

Cette nouvelle édition des œuvres de M. de Chateaubriand forme 25 volumes in-8 y compris les 4 volumes nouveaux renfermant l'*Essai sur la littérature anglaise*, et la traduction du *Paradis Perdu*, de Milton.

Elle est imprimée sur papier superfin des Vosges, et ornée de 30 gravures dessinées par MM. Alfred et Tony Johannot et Léon Cogniet.

Le prix de chaque livraison est de :   1 fr.

On peut se procurer les 25 volumes in 8, ornés de 30 gravures, au prix de   100 fr.

ENCYCLOPÉDIE NOUVELLE,

ou

DICTIONNAIRE

PHILOSOPHIQUE, SCIENTIFIQUE, LITTÉRAIRE ET INDUSTRIEL,

Offrant le tableau des connaissances humaines au xixᵉ siècle,

PAR UNE SOCIÉTÉ DE SAVANTS ET DE LITTÉRATEURS,

publié sous la direction

DE MM. P. LEROUX ET J. REYNAUD.

8 vol. in-4, ornés de gravures, portraits, cartes, etc., etc.

L'*Encyclopédie Nouvelle* offre à toutes les classes de la société, et sous le format le plus commode et en même temps le plus économique, tout ce qui peut leur convenir. Rien de ce qui intéresse quelque profession que ce soit ne sera omis dans ce dictionnaire vraiment universel. L'agriculteur aussi bien que l'artisan, que le maître de forges, que le manufacturier, que l'instituteur primaire, y trouveront, dans le style le plus concis et le plus simple, tout ce qui les concerne ou peut les intéresser. Chaque mois environ, pour un prix égal à celui de la plus faible brochure, on recevra un texte équivalent à 2 volumes in-8 ordinaires, plein d'une variété soutenue, renfermant des articles pour ainsi dire sur tous les sujets, et avec cela toutes les gravures nécessaires; ce sera un journal scientifique et littéraire, si on lit chaque numéro isolément; un livre fondamental de bibliothèque, si on les considère tous ensemble. La rapidité de la publication aura encore un autre avantage; c'est que cet ouvrage immense, malgré la modicité de son prix, et contenant la matière de plus de 120 volumes, présentera un accord parfait dans toutes ses parties. Il y a des Encyclopédies qui ont traîné quarante ans, et dont les premières parties étaient déjà vieilles, tandis que les dernières n'avaient pas encore paru. C'est le désir bien senti d'éviter un inconvénient si grave qui nous a décidés à la marche rapide que nous avons adoptée, et qui, en quatre ans, nous aura menés au terme de l'entreprise que nous annonçons aujourd'hui.

L'*Encyclopédie Nouvelle*, etc., se composera de 8 volumes in-4 de 1664 colonnes, ou pages chacun, ornés de gravures, portraits, cartes géographiques, etc.

Tout volume qui dépassera le huitième sera donné gratis aux souscripteurs.

Chaque volume est divisé en 8 livraisons, qui se publient de six en six semaines, et chaque livraison contient 208 colonnes, ou pages, brochées avec une couverture imprimée.

Une livraison renferme la matière de 2 volumes in-8.

Il paraît chaque année environ 1 volume.

L'ouvrage sera terminé dans le courant de quatre années, 3 volumes étant déjà entièrement imprimés. Le prix de ces 3 vol. brochés est de 48 fr.

Une partie du quatrième volume est en vente, et la publication va marcher sur plusieurs volumes à la fois.

CONDITIONS DE LA SOUSCRIPTION.

Prix pour Paris :

Pour   4 livraisons de 13 feuilles, ou un demi-volume.   8 fr.

—   8 livraisons, ou 1 volume.   16

Prix pour les départements :

Pour   4 livraisons de 13 feuilles, ou un demi-volume.   10 fr.

—   8 livraisons, ou 1 volume.   20

MM. les souscripteurs de Paris qui en témoigneront le désir pourront retirer par feuilles de 8 pages ou 16 colonnes. Prix :   15 c.

MM. les souscripteurs de Paris qui paieront 24 francs d'avance recevront 12 livraisons, mois par mois, *à leur domicile* et sans frais.

MM. les souscripteurs des départements qui en feront la demande recevront 12 livraisons, mois par mois, *à leur domicile* et sans frais, moyennant 30 francs payés d'avance en souscrivant.

Il n'est pas nécessaire d'affranchir les lettres pour demande de souscription, et le paiement des 30 francs, pour un abonnement servi dans les départements, se fera au domicile du souscripteur, au moyen d'un mandat de pareille somme payable à vue, tiré par l'éditeur, et qui sera présenté au moment de la fourniture de la première livraison. Ainsi, quel que soit l'éloignement et l'isolement du domicile du souscripteur, il pourra, sans autre peine que celle de jeter une lettre à la poste, recevoir l'*Encyclopédie Nouvelle*, et il paiera notre mandat à son domicile, comme il y recevra notre livre, sans avoir à débourser autre chose que la somme indiquée, et sans aucun déplacement.

MM. les souscripteurs à l'étranger auront à ajouter, en outre du prix fixé pour les départements, 6 francs en sus pour le port de 12 livraisons, c'est-à-dire à payer :   36 fr.

ŒUVRES COMPLÈTES

DU

CAPITAINE MARRYAT,

TRADUITES DE L'ANGLAIS

PAR A.-J.-B. DEFAUCONPRET,

Traducteur des œuvres complètes de sir Walter Scott, Fenimore Cooper, etc.

NOUVELLE ÉDITION REVUE ET CORRIGÉE,

ORNÉE

Du Portrait de l'auteur

ET DE VINGT-HUIT VIGNETTES DESSINÉES PAR TRIMOLET,

ET GRAVÉES PAR

PORRET, ODIARDI, CHEVAUCHET,

ETC., ETC.

Prospectus.

Ce sera la gloire de Fenimore Cooper d'avoir créé un nouveau genre en littérature. A l'Amérique, qui s'était si long-temps contentée d'imiter la poésie anglaise, appartient le roman maritime. Avant *le Pilote* et *le Corsaire Rouge*, la mer et ses accidents, la vie aventureuse et le caractère original des matelots avaient sans doute fourni d'intéressantes scènes et des personnages dramatiques aux romanciers de la Grande-Bretagne ; *les Aventures de Robinson Crusoé*, celles de *Gulliver*, les romans de Smollet nous offrent de belles scènes, empruntées aux relations de voyages au long cours, et des héros qui sont de vrais types de marins ; mais, dans ces admirables livres, le navire et l'Océan lui-même ne sont introduits qu'épisodiquement. C'est Fenimore Cooper qui, le premier, a placé tout un drame dans l'espace étroit d'un vaisseau, comme pour venir à l'appui de la fameuse unité de lieu d'Aristote ; c'est lui qui, le premier encore, a fait du vaisseau une sorte de personnage auquel on s'intéresse comme à une créature animée, et qu'on suit avec émotion dans toutes les péripéties de sa course intelligente.

C'est en France d'abord que justice a été rendue au génie du Walter Scott américain; c'est en France qu'il a trouvé ses premiers imitateurs et ses premiers rivaux, parmi lesquels Eugène Sue s'est fait un nom déjà célèbre dans les deux mondes; mais l'Angleterre ne pouvait dédaigner long-temps ce genre nouveau et fécond. La littérature anglaise a eu bientôt son Cooper, comme la peinture anglaise avait ses Joseph Vernet. De l'aveu de tous, c'est le capitaine Marryat qui a mérité ce titre; c'est le capitaine Marryat qui, à l'observation plus didactique, et plus fine peut-être, du capitaine Basil-Hall, a le plus heureusement su joindre l'invention roma-nesque de l'auteur américain. Les romans du capitaine Marryat sont de-venus en peu de temps les œuvres les plus populaires de la littérature ac-tuelle de la Grande-Bretagne : *Pierre Simple*, *les Marins d'eau douce* ou *Jacob Fidèle*, *la Marine royale* ou *Franck Mildmay*, *la Marine mar-chande* ou *Newton Forster*, *l'Ancienne Marine anglo-hollandaise* ou *Snarley-Yow* ou *le chien diable*, *King's Own* ou *Il est au Roi*, *Rattlin le Marin*, *M. le Midshipman Aisé*, *le vieux Commodore*, etc., etc., sont des romans qui ne le cèdent qu'aux meilleurs de Fenimore Cooper, et qui même, on doit le dire sans chercher à diminuer l'immense mérite du romancier américain, sont peut-être plus variés, d'un comique plus franc, plus incisif, et d'une gaieté plus entraînante.

Le dialogue est celui des bonnes comédies anglaises : point de descrip-tions inutiles, point de ces longueurs qui impatientent si souvent les lec-teurs français; enfin, et ce n'est pas son moindre mérite, quoique marin avant tout, amoureux de la mer et amoureux de son vaisseau, le capitaine Marryat emploie sobrement ces mots techniques, ces détails abstraits et pénibles, dont l'abus dénonce plutôt l'écolier que le maître. L'intérêt du roman n'est jamais sacrifié par lui au pédantisme du vocabulaire spécial et de l'argot des initiés. C'est sans effort qu'on s'abandonne avec ses héros à toutes les traverses de leur vie errante. En général, l'ingénieux romancier en fait volontiers des espèces de Gil Blas maritimes, avec lesquels on passe successivement du rire aux larmes, du grotesque au sublime. Le capitaine Marryat est poëte enfin quelquefois, comme Walter Scott et Cooper, mais sans abuser plus de la poésie que de la prose du métier, dans ce petit monde du vaisseau, espèce de serre chaude qui développe les passions aussitôt qu'elle les fait éclore; dans ce vaste horizon des mers, où, en un seul jour, on peut parcourir toute l'échelle des sensations, depuis l'admi-ration solennelle d'un lever ou d'un coucher de soleil, jusqu'à l'horreur tout aussi poétique d'un incendie à bord.

« Nul ne pouvait mieux traduire le capitaine Marryat que M. Defau-conpret, » dit un des plus distingués écrivains du *Journal des Débats*,

M. Th. Bénazet. « Sa phrase, libre et facile, reproduit avec une aisance singulière la pensée de l'auteur anglais ; et, au tour tout français du style, on oublie complétement qu'on lit une traduction. »

Ce que dit ici M. Bénazet du talent du traducteur des ouvrages du capitaine Marryat, avait été dit depuis long-temps de M. Defauconpret comme traducteur des œuvres de Walter Scott et de Fenimore Cooper.

Le succès obtenu par la traduction des Romans du Capitaine Marryat de M. Defauconpret leur a valu les honneurs de la contrefaçon en Belgique et de deux concurrences en France, sans que le débit en ait souffert. Le prompt épuisement des deux éditions déjà publiées par nous, nécessitait une réimpression nouvelle, et le grand nombre de notre nouveau tirage nous permet de réduire considérablement notre prix, malgré les dépenses nécessitées par l'établissement de 28 charmantes vignettes et d'un beau portrait de l'auteur.

Conditions de la Souscription.

Les *OEuvres complètes du capitaine Marryat* forment 28 volumes in-8°, ornés de son portrait et de 28 vignettes dessinées par Trimolet et gravées par Porret, Odiardi, Chevauchet, etc. Elles paraîtront par livraison de 2 volumes et de 2 gravures, renfermant au moins un roman complet. Il parait une livraison tous les dix jours à compter du 25 mars. Le prix de chaque livraison est de 6 fr.

Titres des ouvrages du Capitaine Marryat.

PIERRE SIMPLE, ou Aventures d'un Officier de marine, 2 vol.
JACOB FIDÈLE, ou les Marins d'eau douce, 2 vol.
JAPHET A LA RECHERCHE D'UN PÈRE, 2 vol.
M. LE MIDSHIPMAN AISÉ, 2 vol.
RATTLIN LE MARIN, 2 vol.
KING'S OWN, ou Il est au Roi ! 2 vol.
LE PIRATE ET LES TROIS CUTTERS, suivi de CLAIR-DE-LUNE, 2 vol.

FRANCK MILDMAY, ou l'Officier de la Marine royale. 2 vol.
NEWTON FORSTER, ou la Marine marchande, 2 vol.
LE PACHA A MILLE ET UNE QUEUES, 2 vol.
SNARLEY YOW, ou le Chien Diable, 2 vol.
LE VIEUX COMMODORE, 2 vol.
ARDENT TROUGHTON, ou le Commerçant naufragé, 2 vol.
LE VAISSEAU FANTÔME, 2 vol.

Ouvrages sous presse.

Eugène Sue. — ARTHUR OU LE SCEPTICISME. 2 vol. in-8.

CONSPIRATION DES CÉVENNES, roman historique, par le même. 2 vol. in-8.

OEUVRES COMPLÈTES DU MÈME AUTEUR, revues et corrigées par l'auteur, ornées de son portrait et de 14 vignettes gravées par Porret d'après les dessins de Marckl. 14 vol. in-8, papier fin des Vosges satiné, paraissant par livraisons de deux volumes.

GERFAUT, roman, par M. Charles de Bernard, auteur du Nœud Gordien. 2 vol. in-8.

GRANDEUR DE LA VIE PRIVÉE, roman, par Hipp. Fortoul. 2 vol. in-8.

MAURICE DE SAXE, ou l'Allemagne au xvie siècle, par le même auteur, 2 vol. in-8.

HALINA OGINSKA, ou les Suédois en Pologne, par madame la comtesse de Choiseul-Gouffier. 2 vol. in-8.

RÉVÉLATIONS SUR LES MOEURS DU SIÈCLE, par Paul Séverin, ex-sous-diacre de Saint-Leu. Série de romans publiés avec cette épigraphe:

> Si l'on frappait d'anathème toutes les publications qui font sourciller la pruderie, il faudrait interdire préalablement la publicité des tribunaux. Dérision que de proscrire la vente des fusées, lorsque l'on tire un feu d'artifice au-dessus d'une poudrière ouverte! L'observateur des mœurs a plus de droits envers la société, que le juge n'en a contre l'individu : le premier vote pour la réforme, le second pour la mort.

La première livraison, Le bouquet de mariage, 2 vol. in-8, a paru.
Deuxième livraison, Grand papa, 2 vol. in-8, paraîtra le 1er juillet.

SOUVENIRS D'EUROPE, par J.-F. Cooper. 3 vol. in-12.

L'ANGLETERRE, par le même. 3 vol. in-12.

L'ITALIE, par le même. 3 vol. in-12.

UN ROMAN AMÉRICAIN, par le même. 4 vol. in-12.

AMÉDÉE DE PASTORET. — CLAIRE CATALANZI ou la Corse en 1736, roman historique. 2 vol. in-8.

CHRONIQUES DE L'HISTOIRE DE FRANCE AUX XIVᵉ, XVᵉ, XVIᵉ, XVIIᵉ ET XVIIIᵉ SIÈCLES, par le même auteur, renfermant : Valentine de Milan, 2 vol.; Charles VIII, roi de France, 2 vol.; Marie Stuart en France, 2 vol.; Henri II, duc de Montmorency, 2 vol.; le duc de Guise à Naples, 2 vol.; Henriette d'Angleterre, 2 vol. ; les Quatre Barons, 2 vol. in-8.

MICHEL CHEVALIER. — LETTRES SUR L'AMÉRIQUE DU SUD. 2 vol. in-8.

ALEXIS DE TOCQUEVILLE. — SUITE DE LA DÉMOCRATIE EN AMÉRIQUE. 2 vol. in-8.

GUSTAVE DE BEAUMONT (auteur de *Marie* ou *l'Esclavage aux États-Unis*) — UN OUVRAGE SUR L'IRLANDE. 2 vol. in-8.

AMÉDÉE DUQUESNEL. — ESSAI PHILOSOPHIQUE SUR LES PRODUCTIONS DE L'ESPRIT HUMAIN EN FRANCE AU XIXᵉ SIÈCLE, et particulièrement depuis 1815 jusqu'à ce jour, par Amédée Duquesnel, auteur de l'*Histoire des Lettres avant le Christianisme*. 2 vol. in-8.

MÉMOIRES DE WALTER SCOTT, commencés par lui-même et terminés par son gendre M. Lockhart; traduit de l'anglais par M. Defauconpret. 3 vol. in-8.

ALPHONSE KARR. — POUR NE PAS ÊTRE TREIZE, nouveau roman. 2 vol. in-8.

UN VOLUME DE MÉLODIES POÉTIQUES, par M. A. de Lamartine.

UN POÈME, par J. Reboul, de Nismes. 1 vol. in-8.

Ouvrages Nouveaux.

LA CHUTE D'UN ANGE, épisode poétique; par M. A. de Lamartine. 2 vol. in-8, papier superfin des Vosges. Prix :   16 fr.

DES INTÉRÊTS MATÉRIELS EN FRANCE. — Travaux publics. — Routes. — Canaux. Chemins de fer, par Michel Chevalier. 1 vol. in-8, orné d'une carte des travaux publics en France.   8 fr.

LETTRES SUR L'AMÉRIQUE DU NORD, par Michel Chevalier, troisième édition revue, corrigée et augmentée de nouveaux chapitres et de nouvelles notes. 2 vol. in-8 ornés d'une carte des États-Unis, et accompagnés de 37 tableaux.   16 fr.

LE BOUQUET DE MARIAGE, révélations sur les mœurs du siècle, par Paul Séverin, ex sous-diacre de Saint-Leu.   15 fr.

LATRÉAUMONT, roman historique, par Eugène Sue. 2 vol. in-8 ornés de vignettes sur bois gravées par Porret, d'après les dessins de Markll. 2 vol. in-8.   15 fr.

LE CHRISTIANISME CONSIDÉRÉ DANS SES RAPPORTS AVEC LA CIVILISATION MODERNE, par M. l'abbé Senac, premier aumônier du collège Rollin. 2 vol. in-8. Prix :   15 fr.

PROGRÈS MATÉRIELS DE L'ANGLETERRE, par M. Porter, ouvrage traduit de l'anglais et mis en parallèle avec les progrès matériels de la France, par M. Chemin-Dupontès, revu et précédé d'une Introduction par M. Michel Chevalier, auteur des *Lettres sur l'Amérique du Nord;* 1 gros vol. in-8 accompagné de tableaux.   8 fr.

FLORENCE ET SES VICISSITUDES, 1215-1790, par M. Delécluze. 2 vol. in-8 ornés de neuf portraits des plus célèbres Florentins, d'un plan de Florence, etc.   16 fr.

LA PREMIÈRE COMMUNION, roman par M. Delécluze, auteur de *Mademoiselle Justine de Liron.* 1 vol. in-12 orné d'une vignette de Johannot. Prix :   3 fr. 50 c.

SÉJOUR D'UNE FAMILLE AMÉRICAINE EN FRANCE, suivi d'une Excursion sur le Rhin, par Fenimore Cooper. 3 vol. in-12.   7 fr. 50 c.

M. DE L'ÉTINCELLE ou ARLES ET PARIS, roman de la vie moderne, par M. Amédée Pichot, auteur du *Voyage en Angleterre et en Ecosse*, et de l'*Histoire de Charles-Édouard*. 2 vol. in-8.   15 fr.

DE LA DÉMOCRATIE EN AMÉRIQUE, par M. Alexis de Tocqueville, sixième édition, revue, corrigée et augmentée. 2 vol. in-8, papier jésus vélin, ornés d'une carte d'Amérique. Prix :   15 fr.

DE LA DÉMOCRATIE EN AMÉRIQUE, par M. Alexis de Tocqueville, cinquième édition, revue, corrigée et augmentée. 2 vol. in-18, papier jésus vélin, ornés d'une carte d'Amérique. Prix :   10 fr.

MARIE ou L'ESCLAVAGE AUX ÉTATS-UNIS, par M. Gustave de Beaumont, troisième édition. 2 vol. in-8, papier fin satiné. Prix : 15 fr.

SYSTÈME PÉNITENTIAIRE AUX ÉTATS-UNIS, par MM. Gustave de Beaumont et Alexis de Tocqueville, auteurs des ouvrages précédents. Deuxième édition entièrement refondue et augmentée de la valeur d'un volume. 2 volumes in-8 ornés de plans et cartes. Prix :   15 fr.

POÉSIES, par Jean Reboul, de Nismes, quatrième édition. 1 vol. in-18, papier jésus vélin.   4 fr. 50 c.

DU SYSTÈME PÉNITENTIAIRE ET DE SES CONDITIONS FONDA-MENTALES, par M. Aylies, conseiller à la Cour royale de Paris. 1 vol. in-8.   5 fr.

HISTOIRE D'UNE PROMENADE EN SUISSE, EN SAVOIE ET EN FRANCE, par Frédéric Dollé, auteur de l'*Histoire des six restaurations françaises*. 1 vol. in-8, avec une jolie vignette par Alfred Johannot.   7 fr. 50 c.

JOCELYN. Épisode. Journal trouvé chez un curé de village; ouvrage en vers par M. Alphonse de Lamartine. 2 vol. in-8, papier carré superfin des Vosges satiné.   15 fr.

   Le même ouvrage, 2 vol. in-32, huitième édition.   5 fr.

SOUVENIRS, IMPRESSIONS, PENSÉES ET PAYSAGES pendant UN VOYAGE EN ORIENT, ou Notes d'un voyageur (1832-1833); par M. Alphonse de Lamartine. 4 vol. in-8, papier carré superfin des Vosges satiné, ornés d'un portrait de l'auteur, d'un tableau des tribus arabes, et de deux cartes itinéraires des lieux visités et décrits par M. de Lamartine.   25 fr.

   Le même ouvrage, 4 vol. in-18, papier vélin grand-raisin, ornés de gravures.   16 fr

MÉDITATIONS POÉTIQUES, par Alphonse de Lamartine, trentième édition. 2 vol. in-32. 5 fr.

Sous presse. Le même ouvrage, 2 vol. in-18, papier vélin grand-raisin. 8 fr.

HARMONIES POÉTIQUES ET RELIGIEUSES, par Alphonse de Lamartine. 2 vol. in-8, papier carré superfin des Vosges satiné. 15 fr.

Le même ouvrage, 2 vol. in-32. 5 fr.

Le même ouvrage, 2 vol. in-18. 8 fr.

ESSAI SUR LA LITTÉRATURE ANGLAISE, et considérations sur le génie des temps, des hommes et des révolutions, par M. le vicomte de Chateaubriand. 2 vol. in-8, papier superfin satiné. Suivi de

LE PARADIS PERDU DE MILTON, traduit en prose par M. le vicomte de Chateaubriand, avec le texte en regard. 2 vol. in-8, papier superfin satiné, ornés d'un portrait.

Les quatre volumes ne se vendent pas séparément. Prix des quatre volumes : 25 fr.

MÉMOIRES DE LUCIEN BONAPARTE, prince de Canino, écrits par lui-même. 5 à 6 vol. in-8. — Cet ouvrage paraît par volumes.

Le tome 1 est en vente. Prix : 8 fr.

Cet ouvrage est précédé de la déclaration suivante :

Je déclare par la présente attestation, écrite tout entière de ma main, que MM. Saunders et Otley, libraires à Londres, et MM. Charles Gosselin et Compᵉ, libraires de Paris, sont chargés exclusivement à tous autres de publier et faire publier, où et comme ils l'entendront, le premier volume de mes Mémoires ainsi que la traduction anglaise. Je déclare aussi que ces Mémoires sont les seuls écrits par moi, et je désavoue tous ceux qui ont paru jusqu'ici sous mon nom ou sans nom d'auteur, et en foi,

L. Prince de Canino

Le tome 2 paraîtra incessamment.

PRÉCIS DES CAMPAGNES DE JULES-CÉSAR, PAR L'EMPEREÜR NAPOLÉON, suivi de Mélanges inédits écrits sous sa dictée à Sainte-Hélène, par M. Marchand, son valet de chambre. 1 vol. in-8, papier superfin satiné. Prix : 6 fr.

Ce volume, qui fait suite à ceux qui ont été déjà publiés par MM. les généraux Gourgaud et Montholon, et dont l'authenticité est attestée par la signature de M. Marchand, est orné d'un plan de la main de l'empereur.

ÉTUDES DE MOEURS ET DE CRITIQUE SUR LES POÈTES LA-TINS DE LA DÉCADENCE, par D. Nisard, 2 vol. in-8, papier fin satiné. Prix : 16 fr.

DE L'ÉDUCATION DES MÈRES DE FAMILLE, ou DE L'ÉDUCA-TION DU GENRE HUMAIN PAR LES FEMMES, par Louis-Aimé Martin. Troisième édition. 1 vol. in-8, papier fin satiné. Prix : 7 fr.

Cet ouvrage, remarquable par une multitude d'idées nouvelles sur l'é-ducation et sur la philosophie, a été couronné par l'Académie française, qui lui a décerné un grand prix de 8,000 francs, comme au livre le plus utile aux mœurs.

ESQUISSES DE LA SOUFFRANCE MORALE, par M. Edouard Alletz. Nouvelle édition, revue et augmentée, 2 vol. in-8. 15 fr.

MALADIES DU SIÈCLE, suite des *Esquisses de la souffrance morale*, par M. Edouard Alletz. Seconde édition, 1 vol. in-8. 7 fr. 50 c.

TABLEAU DE L'HISTOIRE GÉNÉRALE DE L'EUROPE, depuis 1814 jusqu'en 1830, par M. Edouard Alletz. Seconde édition, 3 vol. in-8, papier fin satiné. 22 fr. 50 c.

WASHINGTON IRVING. — HISTOIRE DE LA VIE ET DES VOYAGES DE CHRISTOPHE COLOMB, traduite de l'anglais par Ch.-A. Defau-conpret. Seconde édition, 4 vol. in-8, ornés de deux cartes coloriées. Prix : 28 fr.

WASHINGTON IRVING. — HISTOIRE DES VOYAGES ET DÉCOU-VERTES DES COMPAGNONS DE CHRISTOPHE COLOMB, suivie de l'*Histoire de Fernand Cortès et de Pizarre*, traduits de l'anglais par A.-J.-B. et Ch.-A. Defauconpret. 3 vol. in-8, ornés de 3 cartes colo-riées. 21 fr.

WASHINGTON IRVING. — HISTOIRE DE NEW-YORK, depuis le com-mencement du monde jusqu'à la fin de la domination hollandaise, con-tenant, entre autres choses curieuses et surprenantes, les innombrables hésitations de Walter l'Indécis, les plans désastreux de William le Bourru, et les exploits chevaleresques de Pierre Forte-Tête, les trois gouverneurs de New-Amsterdam; seule histoire authentique de ces temps qui ait jamais été ou qui puisse être jamais publiée, 2 vol. in-8. Prix : 12 fr.

SOUVENIRS SUR MIRABEAU, et sur les deux premières assemblées législatives, par Etienne Dumont. Seconde édition. 1 vol. in-8, papier vélin, orné d'un *fac simile* de neuf lettres de Mirabeau, et de son portrait. Prix : 9 fr.

HISTOIRE DE LA RÉVOLUTION DE 1688 EN ANGLETERRE, par F.-A.-J. Mazure. Nouvelle édition, 3 vol. in-8. Prix : 21 fr.

DE LA JURISPRUDENCE ANGLAISE SUR LES CRIMES POLITIQUES, par M. de Montvéran, auteur de l'*Histoire critique et raisonnée de la situation de l'Angleterre*, etc.; 3 vol. in-8, papier fin. 12 fr.

LA DIVINE COMÉDIE DE DANTE ALIGHIERI (vingt chants), traduite en vers français, par Antoni Deschamps, 1 vol. in-8, papier superfin, orné de 3 gravures. 7 fr. 50 c.

VICTOR HUGO. — LES ORIENTALES, 1 gros vol. in-18, papier grand raisin, orné de gravure et vignette. 6 fr.

MADAME EMILE DE GIRARDIN. — NAPOLINE, poème, suivi de poésies diverses. 1 vol. in-8. 7 fr.

CONTES D'UNE VIEILLE FILLE A SES PETITS-NEVEUX, par le même auteur, deuxième édition, 2 vol. in-18, papier grand-raisin, ornés de deux jolies gravures, d'après les dessins d'Alfred Johannot. Prix : 7 fr.

A. JAL. — LES CAUSERIES DU LOUVRE, Salon de 1833, 1 vol. in-8, papier fin. 7 fr. 50 c.

MISS HARIETT MARTINEAU. — CONTES SUR L'ÉCONOMIE POLITIQUE, traduits de l'anglais par B. Maurice, élève de l'ancienne Ecole normale.

Ces contes ont obtenu en Angleterre un succès extraordinaire, et sont, en peu de temps, parvenus à leur troisième édition. Il s'est vendu plus de 150,000 exemplaires des divers petits volumes qui composent la collection, et leur succès semble s'accroître à chaque conte nouveau. Miss H. Martineau a voulu faciliter aux gens du monde l'étude de la science de l'*Economie politique*, et afin de la leur rendre plus accessible, elle a traité chaque question sous la forme d'un petit roman. Nous réunirons toujours deux à trois contes dans un vol. in-8 , en suivant, comme l'a fait l'auteur, la marche progressive de la science. Il paraît 5 volumes.

Le tome Ier renferme : *La Colonie isolée.* — *La Colline et la vallée.* — *Le Village et la Ferme.*

Le tome II renferme : *Demerara,* — *Ella de Garveloch.* — *La Mer enchantée.*

Le tome III renferme : *Prospérité et désastre à Garveloch.* — *La coalition d'ouvriers à Manchester.* — *Pour chacun et pour tous.*

Le tome IV renferme : *La cousine Marshall.* — *Les vins de France et la politique.* — *L'Irlande.*

Le tome V renferme : *L'Emigration.* — *Berkeley le banquier.*

Il paraîtra chaque mois deux ou trois contes, ou un volume in-8 de plus de 400 pages, imprimé sur papier fin satiné.   7 fr. 50 c.

Chaque conte est accompagné de notes du traducteur, afin de mettre les principes d'économie politique qu'il renferme à la portée des lecteurs français.

On vend chaque volume séparément.

Le Roi a souscrit pour vingt-cinq exemplaires de cette collection.

M. le ministre de l'Instruction publique a souscrit pour plus de cent exemplaires de cette collection.

M. l'abbé NICOLLE. — PLAN D'ÉDUCATION, ou Projet d'un collège particulier, 1 vol. in-8 , orné de plans.   5 fr.

Le capitaine BASIL-HALL. — MÉMOIRES , VOYAGES ET ESQUISSES DE LA VIE MARITIME , traduits de l'anglais, 4 vol. in-8. Prix :   30 fr.

HISTOIRE GÉNÉRALE DES ILES BRITANNIQUES , par sir Walter Scott, sir James Mac-Intosh et sir Thomas Moore, traduite de l'anglais par A.-J.-B. Defauconpret, 14 vol. in-8 , papier fin satiné, de 4 à 500 pages.

Il paraît 8 volumes renfermant :

L'*Histoire d'Ecosse*, par Walter Scott (qui ne fait pas partie de la collection de ses œuvres), 3 vol.

Les tomes I à IV de l'*Histoire d'Angleterre*, de James Mackintosh.

Le tome I de l'*Histoire d'Irlande*, par Thomas Moore.

Prix des 8 volumes publiés :   60 fr.

Les tomes V à VIII de l'*Histoire d'Angleterre*, et les tomes II et III de l'*Histoire d'Irlande*, paraîtront incessamment.

Cette triple histoire des Iles Britanniques paraît au moment où un grand nombre de travaux récents ont jeté un nouveau jour sur les annales de la Grande-Bretagne. Le crédit exclusif dont jouissait naguère l'ouvrage de Hume, a été fortement ébranlé, soit par le livre si remarquable du docteur Lingard, soit par les savantes recherches des Sismondi, des Thierry et des Guizot. S'il est une autorité imposante qui puisse faire pencher la balance dans cette grave controverse, ce sera celle d'auteurs aussi illustres que Walter Scott, James Mac-Intosh et Thomas Moore, qui, profitant de tout ce qui a été écrit avant eux, forts de leurs propres études, s'aidant de leurs communications réciproques, se sont trouvés dans la position la plus favorable pour explorer toutes les sources originales, et pour éclairer, les unes par les autres, toutes les parties de cette vaste histoire de trois grandes nations.

Les proportions de cet ouvrage ont été conçues de manière à éviter à la fois et la sécheresse de ces minces abrégés dont on est obligé d'abandonner la lecture aux enfants, et la prolixité fatigante de ces ouvrages volumineux que les érudits seuls ont le courage de dévorer tout entiers. Nous espérons donc qu'il prendra place dans la bibliothèque des gens du monde qui désirent s'instruire, sans de trop longues études, de l'histoire d'un pays que tant de relations nouvelles unissent chaque jour à la France, et qui fournit un texte inépuisable de comparaisons à nos journaux et à nos orateurs politiques.

MÉMOIRES DE NAPOLÉON BONAPARTE, depuis sa naissance jusqu'au 18 fructidor, rédigés par le rédacteur des *Mémoires de Louis XVIII*; 4 vol. in-8, ornés de portraits. 20 fr.

AMÉDÉE PICHOT. — HISTOIRE DE CHARLES-ÉDOUARD, dernier prince de la maison de Stuart. Nouvelle édition; 2 vol. in-8, sur papier cavalier vélin. 15 fr.

Cet ouvrage complète toutes les histoires de la Grande-Bretagne, et forme la partie historique du *Voyage en Angleterre et en Ecosse*.

VOYAGE HISTORIQUE ET LITTÉRAIRE EN ANGLETERRE ET EN ÉCOSSE, par M. Amédée Pichot. 3 vol. in-8, imprimés par Crapelet, sur papier fin satiné, avec un Atlas renfermant 8 portraits des écrivains les plus célèbres de la Grande-Bretagne, 7 planches représentant les monuments et les sites les plus remarquables, 2 planches représentant les monuments de sculpture , et le *fac-simile* de l'écriture des hommes les plus célèbres de l'Angleterre, de l'Ecosse et de l'Irlande.

27 fr.

VUES PITTORESQUES DE L'ÉCOSSE , sites ou monuments remarquables de ce pays , dont il est parlé dans les ouvrages de sir Walter Scott, dessinés d'après nature par Pernot , et représentés en soixante planches gravées sur pierre , par Bonnington , Deroy, Enfantin , Villeneuve , etc., avec un texte explicatif, par Amédée Pichot , accompagnés de douze sujets tirés des romans de Walter Scott , dessinés par Paul Delaroche et Eugène Lami.

L'ouvrage est complet, et forme 1 vol. in-4, orné de 72 planches. 72 fr.

Epreuves sur papier de Chine.   90

—— teintées, format in-folio.   150

Les *Vues d'Ecosse* forment le complément nécessaire des *OEuvres de sir Walter Scott ;* elles renferment en outre un itinéraire fort utile pour ceux qui voudraient entreprendre le voyage d'Ecosse.

ALLAN CUNNINGHAM. — NOTICE BIOGRAPHIQUE ET LITTÉRAIRE SUR WALTER SCOTT, traduite par M. Defauconpret; 1 vol. in-8 , orné d'un *fac-simile* de l'écriture de Walter Scott.   2 fr. 50 c.

SIR WALTER SCOTT. — OEUVRES COMPLÈTES ; édition in-18, papier vélin grand-raisin ; 27ᵉ et dernière livraison, renfermant *Robert de Paris, le Château périlleux, le Miroir de la tante Marguerite,* etc., 4 vol. ornés de 9 gravures.   16 fr.

N. B. Cette livraison rend définitivement complète l'édition en 84 vol. in-18 , papier jésus vélin, aujourd'hui complètement épuisée : elle a été tirée à très petit nombre. MM. les souscripteurs sont invités à la retirer promptement s'ils ne veulent pas voir leurs exemplaires rester incomplets.

Les souscripteurs auxquels il manquerait quelques volumes sont invités à en faire sur-le-champ la demande, parce qu'il reste encore un certain nombre de livraisons dépareillées chez les éditeurs.

FENIMORE COOPER. — OEUVRES COMPLÈTES ; 11ᵉ, 12ᵉ, 13ᵉ et 14ᵉ livraisons, renfermant *l'Ecumeur, le Bravo* et *l'Heidenmauer,* et le *Bourreau de Berne* ; 12 vol. in-18, papier grand raisin-vélin satiné, ornés de gravures (*sous presse*). Prix :   36 fr.

Romans.

Alfred de Vigny.

CINQ-MARS, ou une Conjuration sous Louis XIII, roman historique; édition revue et corrigée, accompagnée du *fac-simile* de l'écriture de Cinq-Mars et du cardinal de Richelieu. 2 vol. in-8, papier superfin satiné. Prix : 15 fr.

STELLO, ou les Diables Bleus, première consultation du docteur Noir, troisième édition. 1 vol. in-8, orné de trois vignettes d'après Johannot. Prix : 7 fr. 50 c.

Le même ouvrage, 2 vol. in-12. 7 fr. 50 c.

POEMES ANTIQUES ET MODERNES, suivis de *Paris*, élévation. 1 vol. in-8. 7 fr. 50 c.

LA MARÉCHALE D'ANCRE, drame. 1 vol. in-8. 5 fr.

Les quatre ouvrages. 35 fr.

Par suite de traités signés entre M. Alfred de Vigny et MM. Charles Gosselin et Levavasseur, ces derniers sont acquéreurs des deux premiers romans que publiera M. de Vigny.

Gustave Drouineau.

LE MANUSCRIT VERT, 4e édition. 2 vol. in-8, vignettes. Prix : 15 fr.

RÉSIGNÉE, 4e édition. 2 vol. in-8, vignettes. Prix : 15 fr.

LES OMBRAGES, 3e édition. 1 vol. in-8, vignettes. Prix : 7 fr. 50 c.

CONFESSIONS POÉTIQUES, 1 vol. in-8. Prix : 7 fr. 50 c.

L'IRONIE, 2e édition. 2 vol. in-8. Prix : 15 fr.

Delécluze.

MADEMOISELLE JUSTINE DE LIRON, roman. 1 vol. in-8. 6 fr.

LA PREMIÈRE COMMUNION, 1 vol. in-12, orné d'une vig. 3 fr. 50 c.

De Souza.

LA DUCHESSE DE GUISE, ou Intérieur d'une famille illustre du temps de la ligue. 1 vol. in-8, papier fin satiné. Prix : 3 fr. 50 c.

Miss Edgeworth.

HÉLÈNE, roman nouveau, traduit par Defauconpret. 2 vol. in-8. 13 fr.

Victor Ducange.

MARC-LORICOT, ou le Petit chouan de 1830. 6 vol. in-12. Prix : 18 fr.
LUDOVICA, ou le Testament de Waterloo. 6 vol. in-12. Prix : 18 fr.
ISAURINE ET JEAN POHL, 4 vol. in-12. Prix : 12 fr.
LES MOEURS, CONTES ET NOUVELLES, 2 vol. in-12. 6 fr.
LA FILLE DU CURÉ, 5 vol. in-12. 15 fr.

MME Emile de Girardin.

LE LORGNON, roman, 2e édition ; 2 vol. in-12. Prix : 7 fr.
CONTE D'UNE VIEILLE FILLE A SES NEVEUX, 2e édition, 2 vol.
  in-18, papier grand-raisin, ornés de gravures à l'eau-forte, par
  MM. Alfred et Tony Johannot. Prix : 7 fr.
NAPOLINE, poëme, 1 vol. in-8. Prix : 7 fr.

Alphonse Karr.

UNE HEURE TROP TARD, roman. 2 vol. in-8, ornés de vign. 15 fr.
LE CHEMIN LE PLUS COURT, roman. 2 vol. in-8. 15 fr.

Morier.

AYESHA, ou la Jolie fille de Kars, roman oriental, traduit par Defauconpret. 2 vol. in-8. 15 fr.

Ouvrages de fonds et d'assortiment

PAR ORDRE ALPHABÉTIQUE.

BOSNIE (la) CONSIDÉRÉE DANS SES RAPPORTS AVEC L'EMPIRE OTTOMAN, par Charles Pertusier, auteur des Promenades à Constantinople, etc. 1 vol. in-8, papier fin, orné du portrait de Mahmoud II, empereur des Ottomans.   5 fr.

CAMPAGNE DE WALCHEREN ET D'ANVERS EN 1809, par M. de Rocca, auteur des Mémoires sur la guerre d'Espagne en 1809, brochure in-8.   75 c.

CELTES (des) antérieurement aux temps historiques; essai dans lequel on a tracé la marche de leurs colonies en Europe, au moyen des noms qu'ils prirent ou de ceux qu'ils appliquèrent, etc., par le Deist de Botidoux. 1 vol. in-8.   2 fr.

COLLECTION DE BELLES GRAVURES pour les diverses éditions des œuvres de Walter Scott, dessinées par Desenne, Alfred et Tony Johannot, etc.; gravées par les meilleurs artistes, et composée de

— 87 vignettes sur papier de Chine.   60 fr.

— 84 culs-de-lampe.   40 fr.

— 30 cartes, y compris la carte d'Écosse.   15 fr.

Les vignettes représentent des *sujets* tirés des œuvres de Scott, les culs-de-lampe, des *vues* des lieux décrits par l'auteur, et les cartes retracent la marche de l'action en indiquant les parties de l'Angleterre, de l'Écosse, etc., où se passe la scène de chaque roman. Il y a aussi une carte générale de l'Écosse.

COLLECTION DES LETTRES DE NICOLAS POUSSIN; publiées par M. Quatremère de Quincy. 1 vol. in-8, imprimé par P. Didot, sur papier fin.   5 fr.

COMPENSATIONS (des) DANS LES DESTINÉES HUMAINES, par M. Azaïs. 4ᵉ édition, augmentée d'un Précis de l'Explication universelle, et ornée du portrait de l'auteur. 3 vol. in-8.   15 fr.

CONSIDÉRATIONS SUR L'ÉTAT ACTUEL DE LA RELIGION CA-
THOLIQUE EN FRANCE, par M. Cottret, évêque de Caryste. 1 vol.
in-8.   1 fr. 50 c.

DÉSORDRES (des) ACTUELS DE LA FRANCE et des moyens d'y re-
médier, par M. le comte de Montlosier; 2ᵉ édition. 1 vol. in-8.   1 fr.

ESSAIS DE MORALE ET DE POLITIQUE, suivis de la vie de Matthieu
Molé, par le comte Molé, président du Conseil des ministres. 1 vol.
in-8.   5 fr.

ÉTAT (l') DE LA FRANCE SOUS LA DOMINATION DE NAPOLÉON
BONAPARTE, par M. Pichon, conseiller d'État, ancien chargé d'affaires aux États-Unis d'Amérique. 2ᵉ édition, considérablement augmentée. 1 vol. in-18.   3 fr.

FRANCE (la) TELLE QU'ELLE EST, et non la France de lady Morgan,
par William Playfair; traduit de l'anglais par l'auteur des Observations
sur la France de lady Morgan. 1 vol. in-8.   3 fr.

GUIRLANDE (la) DE JULIE, offerte à mademoiselle de Rambouillet,
par le marquis de Montausier. 1 vol. in-16 orné de 30 jolies gravures
coloriées, édition papier vélin double satiné, imprimée par Didot le
jeune; broché.   10 fr.

HISTOIRE CRITIQUE DE L'ÉLOQUENCE CHEZ LES GRECS, contenant la vie des orateurs, rhéteurs, sophistes et principaux grammai-
riens grecs qui ont fleuri depuis l'origine de l'art jusqu'au troisième siècle
après Jésus-Christ, avec des remarques historiques et critiques, par
Belin de Ballu, membre de l'ancienne Académie des inscriptions et
belles-lettres. 2 vol. in-8.   8 fr.

HISTOIRE DE GUSTAVE III, ROI DE SUÈDE, avec le portrait de ce
prince, la vue du port et de la ville de Stockholm, et une carte de la
Finlande. 2ᵉ édition. Paris, 1815, 2 vol. in-8.   6 fr.

HISTOIRE (l'), ouvrage d'Ignace Krasicki, archevêque de Gnesme,
traduit du polonais par Lavoisier, chanoine de Mohilov et membre
honoraire de l'Académie de Vilna. 1 vol. in-8.   3 fr.

HOMMAGES RENDUS PAR LES POÈTES ANCIENS ET MODERNES
A LA ROSE, précédés de l'histoire de cette reine des fleurs depuis les
temps les plus reculés, ornés de 12 gravures coloriées. 1 vol. in-16,
papier vélin satiné, broché.   6 fr.

IMPOTS (des) **INDIRECTS ET DES DROITS DE CONSOMMATION**, ou Essai sur l'origine et le système des impositions françaises, comparé avec celui de l'Angleterre, par M. d'Agoult, ancien évêque de Pamiers. 1 vol. in-8. 2 fr.

JARDIN DES FLEURS (le) célébrées par cent vingt poëtes anciens et modernes, suivi des emblèmes des fleurs et des plantes. 2 vol. in-16, papier vélin satiné, ornés de 24 jolies vignettes coloriées. 12 fr.

JEUX DE CARTES HISTORIQUES, MYTHOLOGIQUES ET GÉO-GRAPHIQUES, destinés à l'instruction et à l'amusement de la jeunesse des deux sexes, par M. de Jouy, auteur de l'Ermite de la Chaussée d'Antin, etc.,

Contenant :

1º HISTOIRE ROMAINE, ornée de 48 portraits.

2º HISTOIRE DE LA MONARCHIE FRANÇAISE, depuis Pharamond jusqu'à Louis XVIII, ornée de 67 portraits.

3º HISTOIRE GRECQUE, précédée d'un aperçu général sur l'histoire ancienne, ornée de 48 portraits.

4º MYTHOLOGIE, ornée de 48 figures et attributs des dieux.

5º HISTOIRE SAINTE, depuis la création du monde jusqu'à la naissance du Messie, ornée de 48 figures.

6º GÉOGRAPHIE, ornée de figures représentant les différents peuples de la terre dans le costume particulier à chacun d'eux.

On y joint un planisphère et une liste indicative des latitudes et longitudes de tous les pays dont le jeu se compose.

7º ABRÉGÉ DE L'HISTOIRE DU NOUVEAU TESTAMENT, pour faire suite à celui de l'Histoire sainte, orné de figures et des principaux personnages analogues au sujet.

8º ABRÉGÉ DE L'HISTOIRE D'ANGLETERRE, orné des portraits des souverains de ce pays.

9º ABRÉGÉ DE L'HISTOIRE DES ANIMAUX, avec des gravures.

10º ABRÉGÉ DE L'HISTOIRE DES EMPEREURS, avec leurs portraits.

Chaque jeu se vend séparément.

Le prix de chaque jeu, renfermé dans un étui, excepté le sixième; est de 2 fr.

Celui du sixième, jeu géographique, avec un planisphère, est de 2 fr. 50 c.

Le prix de la collection est de 20 fr. 50 c.

LÉPREUX (le) DE LA CITÉ D'AOSTE, par M. X. de Maistre, nouvelle édition, revue, corrigée et augmentée par madame O. C.; 1 vol. in-8, imprimé avec luxe sur papier superfin d'Annonay, orné d'une jolie vignette gravée sur bois par Thompson d'après le dessin d'Alexandre Desenne.   3 fr. 5o c.

MANUEL DU DROIT PARLEMENTAIRE, ou Précis des règles suivies dans le parlement d'Angleterre et dans le congrès des États-Unis, par Thomas Jefferson, ancien président des États-Unis, traduit de l'anglais par le même. 1 vol. in-8.   3 fr. 5o c.

MAXIMES, PRÉCEPTES ET RÉFLEXIONS sur différents sujets de morale et de politique, par M. le duc de Lévis, de l'Académie française, 5e édition, revue et corrigée; 1 vol. in-3a, papier grand-raisin vélin satiné.   1 fr. 5o c.

MÉMOIRES SUR LA GUERRE DES FRANÇAIS EN ESPAGNE EN 1809, par M. de Rocca (second mari de madame de Staël-Holstein). 1 vol. in-8.   3 fr.

MÉMOIRES AUTOGRAPHES DE DON AUGUSTIN ITURBIDE, ex-empereur du Mexique. 1 vol. in-8.   2 fr.

MÉMOIRES HISTORIQUES SUR LOUIS XVII, roi de France et de Navarre, ornés du portrait du jeune prince et de celui de son auguste sœur, suivis de fragments historiques recueillis au Temple par M. de Turgy, et de notes et pièces justificatives, par M. Eckaod, 3e édition. 1 vol. in-8, pap. fin, avec deux portraits.   7 fr.

ODES D'ANACRÉON, traduites en vers sur le texte de Brunck, par J.-R. Saint-Victor, avec 4 figures dessinées par MM. Bouillon et Girodet, et gravées par Girardet. 3e édition, corrigée et augmentée d'une gravure représentant une médaille d'Anacréon. 1 vol. in-8, pap. fin.   9 fr.

OUVRAGES DE M. BILLECOCQ, avocat, contenant :

QUELQUES CONSIDÉRATIONS POLITIQUES sur les tyrannies diverses qui ont précédé la restauration, sur le gouvernement royal et sur la dernière tyrannie impériale. 1 vol. in-8.   2 fr.

DE LA RELIGION CHRÉTIENNE , relativement à l'État, aux familles et aux individus, 3ᵉ édition, revue , corrigée et considérablement augmentée. 1 vol. in-8. 3 fr.

PARIS , VERSAILLES ET LES PROVINCES AU XVIIIᵉ SIÈCLE , ou Anecdotes sur la vie privée de plusieurs ministres, évêques, magistrats célèbres, hommes de lettres et autres personnages connus, sous les règnes de Louis XV et de Louis XVI, par M. le marquis du Gast, ancien officier aux gardes françaises; 5ᵉ édition, revue et corrigée. 3 vol. in-8. 12 fr.

PROCÈS ET MEURTRE DE CHARLES Iᵉʳ, roi d'Angleterre ; procès de vingt-neuf régicides mis en justice après la restauration de Charles II, traduit de l'anglais, accompagné d'un précis des événements arrivés depuis le retour de ce prince jusqu'au rétablissement de la royauté, de diverses notices et notes par le traducteur. 1 vol. in-8. 4 fr.

TRAITÉ DE LA LÉGITIMITÉ , considérée comme base du droit public de l'Europe chrétienne, précédé d'une lettre à S. S. le vicomte de Chateaubriand, pair de France , sur la réunion des opinions, et suivi de l'Éloge historique de saint Louis, par M. Malte-Brun, auteur du Précis de géographie universelle. 1 vol. in-8 , papier superfin satiné. 3 fr.

VIE DE NAPOLÉON BUONAPARTE , précédée d'un tableau de la ré- volution française, par sir Walter Scott. 10 vol in-8 , papier fin satiné. 30 fr.

Le même ouvrage. 18 vol. in-12. 12 fr.

VOYAGE (le) DU POÈTE , poëme, par J.-R. de Saint-Victor , in-8 , papier vélin, avec une gravure d'après le dessin de Girodet. 1 fr. 50 c.

COURS COMPLET
D'INSTRUCTION ÉLÉMENTAIRE

ADMIS AU NOMBRE DES LIVRES CLASSIQUES

PAR LE CONSEIL ROYAL DE L'UNIVERSITÉ,

Par Émile Lefranc,

Agrégé de l'Université, ancien professeur de M. le duc de Bordeaux.

Ouvrages déjà publiés.

GRAMMAIRE FRANÇAISE complète, 11ᵉ édit. 1 vol. in-12 de 252 p.
1 fr. 50 c.

ABRÉGÉ DE LA GRAMMAIRE FRANÇAISE, 11ᵉ édition. 1 vol. in-12 de 115 pages. 75 c.

GRAMMAIRE LATINE complète, 10ᵉ édition. 1 vol. in-12 de 348 pages.
2 fr.

ABRÉGÉ DE LA GRAMMAIRE LATINE, 6ᵉ édition. 1 vol. in-12 de 185 pages. 1 fr. 25 c.

ABRÉGÉ DE L'HISTOIRE SAINTE JUSQU'A JÉSUS-CHRIST, ou Cours de thèmes appliqués successivement aux règles de la grammaire latine, 4ᵉ édition. 1 vol. in-12 de 276 pages. 1 fr. 75 c.

COMPENDIUM HISTORIÆ SACRÆ, ou Corrigé du cours de thèmes composant l'Abrégé de l'Histoire sainte, 2ᵉ édit. 1 vol. in-12 de 238 p.
1 fr. 50 c.

CHOIX DE SENTENCES ET D'HISTOIRES TIRÉES DES AUTEURS LATINS, ET APPLIQUÉES AUX RÈGLES DE LA GRAMMAIRE LATINE, 4ᵉ édit. 1 vol. in-12 de 214 pages. 1 fr. 50 c.

ABRÉGÉ DE L'HISTOIRE DE FRANCE, sous la forme de thèmes appliqués successivement aux règles de la grammaire latine, 2ᵉ édit. 1 vol. in-12 de 380 pages. 2 fr.

EXERCICES SUR LES RÈGLES DE LA GRAMMAIRE FRANÇAISE, renfermant un Choix de Sentences et d'Histoires tirées des auteurs français , et appliquées successivement aux règles de la grammaire française, 3ᵉ édition. 1 vol. in-12 de 200 pages.   1 fr. 40 c.

LEÇONS D'ANALYSE LOGIQUE ET GRAMMATICALE, d'après les règles de la Grammaire française, 4ᵉ édition. 1 vol. in-12 de 160 pag.
1 fr. 40 c.

PROGRAMME DE QUESTIONS SUR LA GRAMMAIRE FRANÇAISE, 4ᵉ édition. 1 vol. in-12 de 60 pages.   50 c.

COURS COMPLET DE MYTHOLOGIE, pour servir à l'intelligence des auteurs classiques grecs et latins, 3ᵉ édit. 1 vol. in-12 de 370 pages
2 fr.

HISTOIRE DES DIEUX, DES DEMI-DIEUX ET DES HÉROS GRECS ET ROMAINS, ou Abrégé de Mythologie. 1 vol. in-12 de 174 pages·
1 fr. 25 c.

ABRÉGÉ DE GÉOGRAPHIE ANCIENNE, 1 vol. in-12 de 233 pages
1 fr. 50 c.

ABRÉGÉ DE GÉOGRAPHIE MODERNE, par Bassins, rédigé sur un plan historique. 1 vol. in-12 de 388 pages, orné de tableaux.   2 fr.

PETIT ABRÉGÉ DE GÉOGRAPHIE ANCIENNE, 1 vol. in-18 de 150 p. cartonné.   60 c.

PETIT ABRÉGÉ DE GÉOGRAPHIE MODERNE, par Bassins, rédigé sur un plan historique. 1 vol. in-18 de 216 pages cartonné.   1 fr.

PETITE GRAMMAIRE FRANÇAISE à l'usage de l'enseignement primaire, suivie d'un Recueil des locutions vicieuses.   25 c.

RECUEIL DE LOCUTIONS ET DE SYNONYMIES LATINES. 1 vol. in-12 de 288 pages, cartonné.   2 fr.

Ouvrages du même auteur sous presse.

PETIT ABRÉGÉ DE L'HISTOIRE DE FRANCE. 1 vol. in-18.

PETIT ABRÉGÉ DE L'HISTOIRE SAINTE. 1 vol. in-18.

La plus grande partie de ces ouvrages ont été composés sous l'inspiration de M. l'abbé Nicolle , dernier recteur de l'Académie de Paris , et ils sont particulièrement suivis dans le collége Rollin, qu'il a fondé à Paris.

LES MORALISTES LATINS, ou Choix de morceaux extraits des Œuvres philosophiques de Cicéron, de Sénèque , etc., par M. Guérin, professeur au collége Rollin, ci-devant Sainte-Barbe, 2ᵉ édition, revue et corrigée. 1 vol. in-12 de 500 pages. 4 fr.

LES RHÉTEURS LATINS. Analyse raisonnée et Morceaux choisis des ouvrages de Cicéron , de Quintilien et de Tacite, sur l'art oratoire, mis en ordre et publiés par J.-A. Amar, professeur émérite et inspecteur honoraire de l'Académie de Paris. 1 vol. in-12 de 400 pages. 4 fr.

HEURES DES COLLÉGES, contenant l'office des dimanches, des fêtes et de la Semaine Sainte, selon l'usage de Paris, avec les additions et changements faits dans la liturgie par Mgr. le cardinal de Talleyrand-Périgord, archevêque de Paris; précédées de l'Abrégé de la foi, par M. de La Hogue, des prières du matin et du soir, d'exercices pour la confession et la communion, de prières pour tous les jours de la semaine, etc. ; rédigées par P.-A. Faudet, licencié de la Faculté de théologie, curé de Saint-Étienne-du-Mont. 1 vol. in-18 d'environ 600 pages, relié avec soin en basane. 2 fr. 75 c.

EXCERPTA E TACITO, ou Morceaux choisis de Tacite, suivis de la Vie d'Agricola et des mœurs des Germains , et précédés d'une Notice sur cet historien, avec des sommaires et des notes en français, par M. Rendu, membre du Conseil royal de l'Instruction publique. Ouvrage adopté par le Conseil royal, 20ᵉ édition. 1 vol. in-12 , cartonné. 1 fr. 50 c.

COURS DE MORALE TIRÉ DES SAINTES ÉCRITURES, ouvrage à l'usage des colléges, et adopté par l'Université, par M. Chaud, auteur de la Morale de la Bible. 1 vol. in-12, cartonné. 1 fr. 50 c.

Le même ouvrage en latin sous le titre de :

ETHICA SACRA SIVE LECTIONES PRACTICÆ E SACRIS BIBLIIS DEPROMPTÆ, etc., par le même. 1 vol. in-12, cartonné. 1 fr. 25 c.

ATLAS (nouvel) **CLASSIQUE ÉLÉMENTAIRE** à l'usage des colléges royaux et des institutions du ressort de l'Université, avec 15 cartes coloriées d'après les dessins de MM. Lapie et Poirson , et un texte en marge de chaque carte, par MM. Sarret et Depping. 1 vol. in-4, grand-raisin, cartonné. 25 fr.

AUTEURS CLASSIQUES LATINS

AVEC DES COMMENTAIRES ET DES INDEX.

PUBLIUS VIRGILIUS MARO, ex recensione et cum notis Chr. Gottl. Heynii, curante J.-A. Amar, humaniorum litterarum in regiâ Galliarum universitate professore emerito, etc.; 5 vol. in-12 (y compris l'Index), brochés avec soin, et satinés. 15 fr.

CAIUS CORNELIUS TACITUS, cum selectis variorum interpretum notis, ex postremâ editione Ser. Jac. Oberlini, curante P.-F. de Calonne, rhetoricæ professore in regio Henrici Quarti collegio. 5 vol. in-12 (y compris l'Index), brochés avec soin, et satinés. 15 fr.

CAIUS CRISPUS SALLUSTIUS ex Burnouf, Pottier et aliorum editionibus recensitus, cum selectis variorum interpretum notis, ac novis etiam additis; item Julius Exsuperantius : curante J. Planche, rhetorices professore in regio Borbonii collegio. 2 vol. in-12 (y compris l'Index), brochés avec soin, et satinés. 6 fr.

CORNELIUS NEPOS, ex optimarum editionum recensione et cum selectis variorum interpretum notis, curante P.-F. de Calonne. 1 vol. in-12 (y compris l'Index). 3 fr.

BIBLIOTHÈQUE

DE LA

Jeunesse Chrétienne,

COMPOSÉE EN GRANDE PARTIE

DE LA COLLECTION DES ŒUVRES COMPLÈTES

DU CHANOINE SCHMID.

———————

Prix de chaque volume orné d'une jolie gravure sur acier, et broché avec une couverture imprimée : 5o c.

ABRÉGÉ DE L'HISTOIRE DE L'ANCIEN TESTAMENT, 1 vol.

ABRÉGÉ DE L'HISTOIRE DU NOUVEAU TESTAMENT, 1 vol.

AGNÈS, ou la Petite joueuse de luth, 1 vol.

ANATOLE, ou les Épreuves de la piété filiale, 1 vol.

BARQUE (la) DU PÊCHEUR, 1 vol.

BENJAMIN, ou l'Élève des Frères des écoles chrétiennes, 1 vol.

BERNARD ET ARMAND, 1 vol.

BONNE (la) FRIDOLINE, 1 vol.

BON (le) FRIDOLIN et LE MÉCHANT THIERRY, 2 vol.

CAROLINE, ou l'Orpheline de Jurançon, 1 vol.

CENT PETITS CONTES pour les enfants, 1 vol.

CHARTREUSE (la), 1 vol.

DUVAL, histoire racontée par un curé de village à ses élèves, 1 vol.

EMMA, ou le modèle des jeunes personnes, 1 vol.

EUSTACHE, épisode des premiers temps du christianisme, 1 vol.

FERNANDO, histoire d'un jeune Espagnol, 1 vol.

FLORESTINE, ou Religion dans l'infortune, 1 vol.

GENEVIÈVE, 1 vol.

GUIRLANDE (la) **DE HOUBLON**, 1 vol.

ITHA, comtesse de Toggenbourg, 1 vol.

JÉNOSEPH, ou Vertu, jeunesse et adversité, 1 vol.

LOUIS, le petit émigré, 1 vol.

LYDIA, ou la jeune Grecque, 1 vol.

MARIE, ou la Corbeille de fleurs.

MÉLANIE ET LUCETTE, 1 vol. (8ᵉ édition).

NOUVEAUX PETITS CONTES, 1 vol.

PETIT (le) **CONTEUR ALLEMAND**, ou Choix d'histoires et paraboles. 1 vol.

RENÉ, ou la Charité récompensée, 1 vol.

ROSE DE TANNEBOURG, 1 vol.

ROSIER (le), suivi de la Mouche, 1 vol.

SERIN (le), suivi de la Chapelle de la forêt, 1 vol.

SEPT PETITS CONTES, 1 vol.

SOIRÉES DE FAMILLE, contenant le Jeune Henri, la Colombe et Théodora. 1 vol.

SOIRÉES ROMAINES, ou cinq Nouvelles religieuses, 1 vol.

SOUVENIRS UTILES, contenant les OEufs de Pâques, l'Agneau et le Ver luisant. 1 vol.

SOEUR LÉOCADIE, ou Modèle d'une bonne religieuse, 1 vol.

THÉOPHILE, le petit ermite, 1 vol.

THÉRÈSE, ou la Pieuse ouvrière, 1 vol.

VEILLE (la) **DE NOEL**, 1 vol.

Paris. — Imprimerie de BOURGOGNE et MARTINET, Rue Jacob, 30.

CLAIRE

CATALANZI.

PARIS. — IMPRIMERIE DE BOURGOGNE ET MARTINET,
rue Jacob, n° 30.

CLAIRE
CATALANZI,

OU

LA CORSE EN 1736;

PAR

L'AUTEUR DU DUC DE GUISE A NAPLES,
LE COMTE A. DE PASTORET.

TOME PREMIER.

PARIS,
CHARLES GOSSELIN ET W. COQUEBERT,
9, RUE SAINT-GERMAIN-DES-PRÉS.
M DCCC XXXVIII.

INTRODUCTION.

Celui qui a écrit cet ouvrage n'a point
eu la prétention d'en faire un ouvrage
historique ; il a voulu seulement essayer de peindre les mœurs intérieures
d'un peuple trop peu connu et trop
sévèrement jugé. Ces mœurs étant

presque entièrement demeurées les
mêmes, surtout dans les campagnes,
il était sans inconvénient de reporter
l'action du livre à un siècle en arrière;
et l'époque choisie se rattachant à des
événements qui ne sont pas les moins
singuliers de ce temps, on a cru pouvoir y mêler les personnages. Toutefois, comme la Corse et son histoire
sont en général très peu connues, il ne
sera peut-être pas sans intérêt de
trouver ici un exposé sommaire des
motifs et des événements principaux
de l'insurrection qui, commencée huit
années avant celle dont on va parler,
ne se termina réellement qu'en 1768,
au moment du traité qui donna la
Corse à la France.

Ce serait remonter beaucoup trop loin, et fatiguer inutilement l'attention du lecteur, que de rechercher par quelle suite de guerres la Corse, Phocéenne d'abord ou Etrusque, devint Carthaginoise, Romaine, Vandale, Sarrasine; comment Ugo Colonna, parti de Rome en 816 avec mille fantassins et deux cents chevaux, chassa les Sarrasins, et fonda dans l'île une domination qui fut renversée, et une famille qui subsiste encore; comment les Génois et les Pisans, sous le patronage des papes ou sous l'autorité de l'Empereur, prétendirent tour à tour à la souveraineté de la Corse; et comment, après mille vicissitudes, Gênes y établit

enfin un pouvoir trop absolu pour
être juste, trop inquiet pour être
modéré. Ce qu'il faut dire seulement,
et ce dont on retrouvera quelquefois
la trace dans le cours de cette narra-
tion, c'est que depuis 1195, époque
où le premier vaisseau Génois s'em-
para de Bonifaccio à la faveur d'une
fête, jusqu'en 1569, année où le fils
du grand San-Piétro, Alphonse d'Ornano se retira en France, les Corses
luttèrent presque constamment, et
les armes à la main, contre la domination Génoise. Ce combat ne cessa
que lorsqu'il fut absolument sans espérance; mais les souvenirs, les traditions même en survécurent, et se
transmirent de génération en généra-

tion chez un peuple à qui le reste du
monde est trop étranger pour le dis-
traire de ses intérêts de famille ou de
ses sentiments de patrie. Quoi qu'il
en soit de ces faits plus anciens, la
république de Gênes était, au com-
mencement du xviiᵉ siècle, souveraine de l'île de Corse. Un commis-
saire - général, appelé quelquefois
aussi provéditeur, y était le représentant et le délégué du sénat. Cinq
évêques, car il y avait encore à cette
époque cinq évêchés en Corse, y occupaient les siéges de Mariana, d'A-
leria, d'Ajaccio, de Nebbio, de Sagonne, quoiqu'une partie de ces
villes fût ruinée, et que plusieurs des
résidences épiscopales eussent dû être

transférées ailleurs. Un commandant
des troupes, un trésorier, un audi-
teur-général chef de la justice, étaient
placés sous les ordres du provéditeur. Tous ces officiers étaient Génois; la durée de leurs fonctions était
assez limitée. Le plus considérable
de leurs traitements ne montait pas à
neuf cents sequins par an; et cependant plus d'un d'entre eux était revenu riche de ce pauvre pays. Les impôts, sans être démesurément élevés,
étaient perçus avec une extrême rigueur, et basés sur les principes d'une
administration toute étrangère à l'île.
Les troupes étaient Génoises, et ne se
regardaient en Corse que comme en
pays étranger ou conquis. Les lois Gé-

noises régissaient les procès, et dé-
terminaient une pénalité habituelle-
ment fort sévère. On avait laissé aux
Corses la division de leurs pièves ou
cantons, qui renferment chacun un
certain nombre de paroisses, la nomi-
nation de leurs pères des communes,
magistrats locaux, élus dans les paroisses pour remplir des fonctions
que leur nom explique assez, et l'é-
lection de douze députés chargés de
défendre, auprès du gouverneur, les
intérêts de leurs concitoyens; mais on
avait mis des officiers et des podestats
Génois partout où l'on avait pu les placer. A côté des pères des communes,
les juges inférieurs étaient Génois,
aussi bien que les collecteurs d'im-

pôts; et, quant aux députés, le provéditeur, n'étant point obligé d'avoir
égard à leurs représentations, en faisait ordinairement si peu de cas, que
leur intervention ne servait qu'à ma-
nifester plus hautement la faiblesse
d'un côté, le despotisme de l'autre. Il
n'y avait donc, entre les maîtres et
les sujets, ni confiance, ni affection,
ni lien; et, pour tout dire en un mot,
Gênes considérait la Corse comme
une conquête, et les Corses considé-
raient la république de Gênes comme
un oppresseur.

Une telle disposition des deux parts
fait suffisamment pressentir dans
quelle muette et réciproque hostilité
chacun de ces deux peuples demeu-

rait par rapport à l'autre, quelle influence pouvait avoir le choix des
hommes, et quels événements pouvaient sans cesse se produire. La
Corse était presque effacée du rang
des nations, lorsqu'en 1750 un événement imprévu vint relever la ban-
nière oubliée de l'indépendance Cyrnéenne. J'ai cherché dans les rensei-
gnements les plus authentiques à quel
motif fut dû ce mouvement, si fort
inattendu en apparence, et si naturel
quant au fond des choses : je n'en ai
pas découvert d'autres que l'oppression et le besoin de la liberté. L'Angleterre, la Toscane, l'Espagne, que
l'on accusa plus tard d'avoir favorisé
l'insurrection, la France, qui seule

enfin profita de cette lutte, furent
également étrangères à ses premiers
efforts. « Très saint Père, » disaient
deux ans après les chefs du gouvernement Corse en mettant aux pieds
du souverain pontife la proposition
d'un arbitrage conciliatoire, « le joug
» que faisait peser sur nous la sérénis-
» sime république de Gênes était de-
» venu tellement insupportable; les of-
» ficiers nous ruinaient par de telles
» exactions; les gabelles étaient si fort
» exagérées, au mépris des conventions
» faites et des promesses répétées ;
» les offices, les dignités, les emplois,
» l'administration de la justice, étaient
» si exclusivement et si durement ré-
» servés aux étrangers; l'impunité ac-

»cordée au meurtre se vendait si
»publiquement; le sang répandu et
»la liberté ravie demeuraient depuis
»si long-temps sans récompense, que
»notre voix s'est élevée enfin vers le
»Seigneur, qui est aussi le Dieu de
»la vengeance, et que nous avons
»saisi nos armes en invoquant son
»nom (1). »

Quelques mots maintenant suffi-
ront pour faire connaître les causes
accidentelles du soulèvement. Ce fut,
comme nous le disions tout à l'heure,
ce fut en 1750, au commencement de
février, sur les plages de Bozio et de
Tavagna, dans le cap Corse, c'est-à-

(1) Mémoire du royaume et gouvernement de Corse à
la sainteté de N. S. P. le pape, du mois de mai 1731.

dire dans la partie septentrionale de
l'île, que le mouvement commença.
La république avait créé, en 1715,
une imposition qui devait être temporaire, et que l'on avait prorogée.
L'établissement de la gabelle avait
suivi ; la gabelle faisait payer très cher
le sel étranger; et, pour favoriser son
extension, les provéditeurs avaient défendu la fabrication du sel marin dans
les étangs d'Aléria. Une taxe de 13 sous
4 deniers par tête avait été mise à raison
et pour garantie du port d'armes, et le
port d'armes avait ensuite été défendu.
Tous ces impôts étaient en ferme, et
les collecteurs ne s'en montraient que
plus impitoyables. Deux d'entre eux
vinrent au cap Corse, lever la taxe des

13 sous 4 deniers par tête : on les re-
poussa. Ils appelèrent à leur aide le
juge ou podestat génois : mais ce juge
avait lui-même un intérêt dans la
ferme; les insulaires ne virent plus en
lui le magistrat, mais le fermier; le juge
et les collecteurs furent chassés. De
Bastia, ou la Bastie, comme l'appel-
lent toujours les dépêches, à la pière de
Tavagna, la distance n'est pas grande.
Un messager, envoyé pour porter l'a-
vis de la résistance des insulaires, ra-
mena de Bastia quarante soldats qui
devaient assurer le recouvrement de
l'impôt : les quarante soldats furent en-
veloppés. Le gouverneur fit partir un
nouveau détachement, assez fort pour
triompher de cette résistance passa-

gère; mais, quand ce détachement parut, le tocsin sonnait dans les villages.
Les cornets des pâtres retentirent dans
la montagne, des feux allumés appelèrent aux armes les communes. Huit
jours après, les insurgés avaient pris et
pillé la vieille ville de Bastia. Au mois
de mars, ils étaient 8 à 9,000 (1); ils
étaient 14,000 au mois d'avril (2). Ils
menaçaient Ajaccio, bloquaient Al-
gaiola, occupaient le cap Corse, faisaient battre une monnaie de guerre,
et mettaient sur leur étendard la tête
de Sampier d'Ornano, celui qui avait
voulu délivrer la patrie (5). La répu-

(1) M. Coutlet à M. de Maurepas, le 14 mars 1730.
(2) M. de Campredon à M. de Chauvelin, le 11 avril 1730.
(3) M. Coutlet à M. de Maurepas, les 10 et 25 avril 1730.

blique de Gênes, surprise d'abord, puis indignée, songea cependant à employer des mesures de conciliation. Mais sa conciliation était sans bonne foi : les discours tenus furent suivis d'effets contraires, les promesses furent rétractées : l'insurrection se développa, s'agrandit, devint redoutable : force fut à la République de retirer ses négociateurs et d'envoyer des troupes. Le temps, qui marchait cependant, avait donné aux Corses un peu plus de confiance. Ils avaient pris ou acheté quelques canons, quelques armes; ils élurent pour généraux André Colonna Giaccaldi et Louis Giafferi; ils défendirent la perception de l'impôt Génois sur toute l'étendue de l'île, et se firent à eux-mêmes, par l'organe de leurs

généraux , un code provisoire de
lois (1). Sur ces entrefaites, un de leurs
chefs les plus renommés, Fabio Filinghieri, tomba dans une embuscade :
il ne fut pas traité même en soldat ;
les Génois le firent fusiller , puis son
corps fut coupé en quartiers , traîné
dans les rues de Bastia , et attaché
par morceaux à des pieux infâmes.
La nuit qui suivit, Bastia fut entourée :
quelques Corses , arrivés jusque sur
la place , détachèrent pieusement et
emportèrent les restes du malheureux
Fabio Filinghieri. Au jour naissant ,
ces restes étaient déposés devant l'é-
glise de sa commune, les Corses étaient
rangés à l'entour, et l'un d'entre eux,

(1) Bando dé Leggi, pubblicato nella citta di Corte, adi
29 gennaro 1737.

plus petit, plus jeune, priait à genoux.
Celui-là se releva, et l'on crut revoir
le chef mort : c'était la fille de Fabio,
couverte des habits de son père. Elle
fit un signe : les prières de l'absoute
furent dites à voix basse ; puis elle se
baissa vers le corps qu'elle avait soi—
gneusement lavé et rendu à sa forme
primitive; elle se remit à genoux, suça
la plaie la plus proche du cœur, et
rejetant tout d'un coup sa tête en
arrière : « Il avait du sang encore,
» s'écria-t-elle, et il me l'a donné pour
» joindre à celui qu'il avait mis dans
» mes veines ! Je puis tenir sa place,
» et je la tiendrai. » Elle s'élança en
disant ces mots, les Corses la suivirent;
et une nouvelle défaite apprit, le soir,

aux Génois comment les mânes de Fabio voulaient être vengés (1).

Mais ce n'était pas assez pour les insulaires de résister, et même de vaincre. L'ancienne domination Génoise, déjà ébranlée, demeurait encore au milieu d'eux, avec la vieille autorité de ses souvenirs. Ce qu'aucun peuple d'Europe n'eût imaginé au xviii° siècle, ils le firent. Ils assemblèrent à Orezza deux théologiens de chacun des ordres qui possédaient un couvent dans l'État; et là, en présence des généraux, une députation solennelle des pères des communes de-

(1) M. Coutlet à M. de Maurepas, le 11 juillet 1730.

M. de Campredon à M. de Chauvelin, le 26 septembre 1730

manda sincèrement à ces ministres du
Seigneur s'ils pouvaient continuer à
combattre pour leur indépendance,
si leur cause était sainte aux yeux du
Très Haut, et si nul homme sur la
terre ne pouvait les accuser de félo-
nie. Cette admirable soumission, ce
spectacle si grand d'hommes prêts à
faire le sacrifice de leur vie et n'osant
faire celui de leur conscience, fut suivi
d'une adhésion non moins imposante.
Les religieux se prosternèrent tous
devant l'autel ; puis se tenant par la
main, ils se retournèrent vers les généraux, et le plus vieux des moines
portant la parole au nom des autres :
« Allez et combattez, dit-il ; vous ne
» demandez que justice, et les hommes

» la doivent aux hommes s'ils veulent
» l'obtenir de Dieu (1). »

Toutefois, une nouvelle expédition
se préparait à Gênes. Des barques armées croisaient au long des côtes pour
empêcher les arrivages. Les Corses,
prêts à s'engager dans d'autres combats, poussèrent une reconnaissance
générale sur les possessions Génoises,
afin de se procurer des vivres, et, s'il
s'en trouvait, quelques munitions.
Leurs femmes et leurs enfants firent
une récolte rapide de tout ce qu'ils
purent atteindre dans les fermes, dans
les maisons ou sur les terres ennemies :
mais une maison, une terre, des fer-

(1) M. Coutlet à M. de Maurepas, le 13 mars 1731.
M. d'Angelo à M. de Maurepas, le 7 mars 1731.
Manifeste de la nation Corse, du mois d'avril 1732.

mes furent respectées : c'étaient la
demeure et les propriétés de Jérôme
Vénéroso, sénateur de la république
et naguère gouverneur de l'île. Il
était Génois, il était venu au nom
de leurs oppresseurs, mais il avait
été bon pour les Corses, il leur avait
montré de la confiance, il était jadis
allé sans armes au milieu d'eux. Rien
de ce qui lui appartenait ne fut dé-
tourné. Sa demeure eut des senti-
nelles, ses champs des sauve-gar-
des (1).

Sur ces entrefaites, Louis Giafferi,
revenant en hâte de Toscane, apporta
sur la côte cent barils de poudre,
seize pièces de canon de fer, cinq cents
fusils, cinq cents pistolets, que des né-

(1) M. Coutlet à M. de Maurepas, le 3 juillet 1731.

gociants Anglais lui avaient fournis (1).
Une tartane inconnue, échappant à la
surveillance des croiseurs, mit à terre
cinquante-six barils de poudre et trois
mille fusils. Un vaisseau Français, pris
d'abord, puis relâché, apporta dix canons, trois mortiers et soixante barils
de poudre (2). D'un autre côté, l'Empereur, cédant aux instances, dix fois
réitérées, de la république de Gênes,
consentit enfin, dans des vues assez
intéressées pour être claires, à mettre
des troupes à sa disposition; et trois

(1) M. Coutlet à M. de Maurepas, les 26 juin et 5 juillet 1731.

(2) Cette intervention secrète de la France donna lieu
à quelques débats où le cabinet de Versailles parla très
haut; mais une relation envoyée par M. de Campredon,
le 14 août 1731, fait voir que les Génois n'en crurent pas
moins au secours que donnait sous main la France.

mille six cents Allemands, conduits
par le baron de Wachtendonck, dé-
barquèrent à Bastia le 10 août 1731(1).
La guerre prit dès ce moment un autre caractère; mais les Corses ne s'en
montrèrent pas effrayés, et cette première lutte des troupes régulières
contre les insulaires armés dura
plus d'une année avec des succès
divers. Le prince Louis de Wurtemberg remplaça le baron de Wachtendonck qui avait été obligé de
capituler (2). Huit à neuf mille soldats autrichiens furent successivement
envoyés dans l'île. Le prince de Wurtemberg, après avoir annoncé des dis-

(1) M. Coutlet à M. de Maurepas, le 14 août 1731.

M. de Campredon à M. de Chauvelin, le même jour.

(2) M. Coutlet à M. de Maurepas, les 6 novembre et
6 décembre 1731.

positions conciliantes, passa promptement aux mesures sévères : il mit à
prix la tête des principaux chefs, Louis
Giafféri, André Ciaccaldi, Ignace Aitelli et Simon Raphaelli (1), il ordonna
de nouveau le désarmement général
qu'avait exigé le sénat de Gênes (2).
Les négociations et les apparences de
douceurs n'inspiraient plus de confiance : les rigueurs ne produisirent pas
un moment d'hésitation ni de crainte.
Les Corses, souvent vainqueurs, quelquefois vaincus, répondirent à toutes
les propositions, comme à toutes les me-
naces, qu'ils pouvaient bien consentir

(1) M. de Campredon à M. de Chauvelin, le 25 mars 1732.

(2) Bando del 4 Agosto 1731. — Je le donnerai à la fin
de ce volume, aussi bien que le mémoire des demandes
des Corses et la première déclaration d'accommodement
manée du doge et du sénat.

à se soumettre, mais seulement sous de certaines conditions, seulement avec de certaines garanties, qu'ils avaient fait connaître leurs demandes dont ils ne se départiraient en aucun cas, et qu'en aucun cas non plus ils ne traiteraient que sous la garantie de l'Empereur, qui pouvait seul contraindre les Génois de rester fidèles à leurs promesses. Le prince de Wurtemberg parut enfin céder à cette insistance. Il assembla, le 13 mai 1732, une sorte de congrès, où le sénat, l'Empereur et les Corses eurent leurs représentants. Giafféri porta la parole pour ses compatriotes. Le prince de Wurtemberg promit, au nom de l'Empereur et du sénat, la réformation des abus, une amnistie générale et sans exception,

et le retrait des mesures de rigueur.
Rivarola , commissaire-général des
Génois, s'engagea moins, mais ne parut faire aucune résistance. La con-
vention fut signée. Le plus grand nombre des Corses rentra dans ses paroisses.
De Saint-Florent, de Cervione, de la
Balagne, on apporta les armes qu'on
était convenu de rendre; puis, les Allemands établirent leur quartier-général à Corte, quatre bataillons à Calvi,
près d'Aléria de gros détachements,
leur avant-garde à Bastia (1); puis, le
4 juin, Louis Giafféri, André Colonna
Ciaccaldi, Ignace Aitelli et Simon Raphaelli furent arrêtés et jetés dans les
prisons Génoises (2). Le 18 juillet, le

(1) M. Coullet à M. de Maurepas, les 20 et 26 mai 1731.
(2) M. Coullet à M. de Maurepas, le 24 juin 1732.

prince de Wurtemberg vint débarquer
à Gênes; et, si l'on en croit les dépêches, il y reçut en argent le prix de
2,5oo ducats par tête, promis à qui
livrerait chacun des chefs rebelles. Dix
mille ducats, ajoute celui qui raconte
ce fait, c'est vendre son honneur bon
marché (1).

Il n'y avait pas long-temps (2) que

(1) M. Coutlet à M. de Maurepas, le 29 juillet 1732. —
M. Coutlet rapporte ceci comme un bruit répandu à Gênes,
et je le donne d'après lui; vingt-cinq ans après, j'ai lu la
lettre: le fils de ce prince, Louis-Eugène de Wurtemberg, demandait que le roi de France l'autorisât à s'em-
parer de la souveraineté de la Corse et à en chasser les Génois. Sa lettre est du 16 octobre 1755. Selon une autre
dépêche de M. Coutlet, en date du 5 février 1733,
M. Colménéro, envoyé Génois, avait reçu pour récompense de ses bons offices dans cette affaire, 5oo pistoles d'Espagne et un diamant de prix.

(2) C'était au mois d'avril 1732.

les Corses disaient dans une procla-
mation : « Aucun souverain n'a com-
» passion de nous ; aucun ne nous
» écoute et ne nous protège : mais
» voilà Dieu qui est le père des pauvres,
» Dieu qui entend nos gémissements
» et qui voit nos misères , et qui dai-
» gnera peut-être élever la main en
» notre faveur (1). » A la nouvelle de
l'arrestation des quatre chefs, un murmure sourd courut dans toute l'île.
Quelques pièves reprirent les armes.
Erasme Orticone, Don Mario Salvi ,
Pierre d'Ornano, ne réussirent qu'à
grand'peine à contenir ce premier élan
d'indignation. Un cri s'éleva contre
les étrangers. Le baron de Wachtendonck, enfermé dans Ajaccio, fut au

(1) Manifeste des Corses, déjà cité, p. 11, note 1.

moment d'être victime d'un mouvement populaire; et, comme il rentrait,
environné de soldats, dans la maison
qui lui servait de quartier-général, un
paysan s'approcha de lui , lui remit
une lettre ouverte , et s'éloigna sans
témoigner la plus légère crainte.
» A vous, baron de Wachtendonck ,
portait cette lettre ouverte , à vous
» et aux sérénissimes doge et seigneurs
» de la république de Gênes. Vous ne
» confirmez point nos traités, vous te-
» nez en captivité nos chefs; nous avons
» droit de revendiquer les uns et les
» autres. Si dans quatre mois nos
» traités ne sont pas confirmés, si nos
» chefs ne sont pas libres, les mêmes
» hommes qui ont combattu pour la
» Corse sauront bien combattre contre

» Gênes. Sachez-le, baron de Wach-
» tendonck; sachez-le, doge et sénat
» de la république : c'est Don Mario
» qui vous le dit. »

Mais, comme l'écrivait un des ministres du roi de France, une fois l'affaire engagée, il était certain que l'on
y consulterait pour le moins autant la
dignité de l'empire que l'intérêt des Génois (1). Le sénat avait rendu compte à
la cour de Vienne de l'arrestation de
quatre chefs de la Corse (2). Il demandait qu'on l'approuvât; il soumettait
en même temps le projet d'édit con-

(1) M. de Maurepas. Lettre à M de Campredon, du 22
juin 1758.

(2) On fit en même temps arrêter dans une église, pendant la messe et jusqu'aux genoux du prêtre, un officier
appelé Gentile, que l'intervention de la France eut grand'-
peine à dérober au supplice.

ciliatoire qu'il voulait accorder aux insulaires, et demandait que l'on n'y changeât rien. Le marquis Pallavicini, ministre de la république, avait été chargé de ce message, et après quelques négociations, il avait presque obtenu ce que le sénat souhaitait. Les Corses en furent instruits. Erasme Orticone partit pour Vienne, au péril de sa propre liberté. Thomas Boërio, consul d'Espagne à Venise, et né aussi en Corse, courut auprès du prince Eugène, sous les ordres de qui naguère il avait servi. Ni l'un ni l'autre n'avaient d'argent à répandre, point de faveurs à promettre, point de présents à faire; mais ils avaient leur conviction, leur bon droit, le bon droit de leurs concitoyens et de leur patrie.

Le prince Eugène se souvint une fois
qu'il était Français, et qu'en France,
peuple, gentilhomme ou souverain
doit tenir sa parole. Il parla lui-même
à l'Empereur, et l'Empereur aux Génois. Après une année de captivité,
de mauvais traitements peut-être, les
prisonniers furent mis en liberté. On
les fit venir au sénat. On offrit à Giafféri le brevet de capitaine et vingt
piastres d'Espagne par mois, au curé
Aîtelli un bénéfice considérable dans
l'état de Gênes (1). Ils ne répondirent
que par une profonde inclination, et
le soir ils avaient disparu. Giafféri fut
à Parme, où l'infant D. Carlos le fit
colonel, Ciaccaldi à Barcelonne, Ra-

(1) M. Coutlet à M. de Maurepas, les 28 avril et
19 mai 1733.

phaëlli à Rome, Aitelli à Livourne.. L'Espagne, le pape, la Toscane, les accueillirent, comme le duc de Parme avait accueilli Giafféri; et des deux rivages de la Méditerranée, ces courageux représentants de l'indépendance Cyrnéenne, tinrent les yeux fixés sur leur île.

Durant ce temps, l'on avait envoyé à Bastia les articles d'accommodement accordés par la république de Gênes, et garantis par l'Empereur. De raisonnables concessions y étaient faites. Un orateur du peuple Corse devait résider à Gênes, dix-huit députés Corses être réunis à Bastia, deux juges nationaux être adjoints, dans le tribunal, aux magistrats étrangers ; des familles anciennes du pays être inscrites au livre d'or de la république. Les impôts anciens, et non payés, étaient remis ; la gabelle était abolie pour un an ; la taxe des armes modifiée (1). Si tout cela est vrai, dirent les agents de la France, ce sera le bonheur de MM. de Gênes, car la tranquillité pourra peut-être se rétablir par ce moyen. Si l'on n'y tient la main, aussitôt le départ des Allemands, le soulèvement recommencera dans l'île (2). Mais quoi ! les sujets de la république ne perdront pas plus l'habitude de tromper les uns et de grappiller sur les autres, que celle de faire la méridienne (3).

(1) Bando pubblicato a di 17 maggio 1733.
(2) M. Coutlet à M. de Maurepas, le 21 avril 1733.
(3) M. de Campredon à M. de Chauvelin, le 16 juin 1733.

Cependant, M. de Rivarola, provéditeur de la république, fit rassembler
sur la place de Bastia les habitants
principaux, les autorités, les chefs de
paroisses; et M. de Wachtendonck,
commandant des troupes, réunit hors
de la ville les pères des communes voisines, les officiers, les paysans qui voulurent se rendre au camp. Au camp
et dans la ville, on lut à haute voix les
édits et les promesses du sénat. M. de
Wachtendonck et M. de Rivarola dirent ensuite quelques mots pour célébrer la générosité de la république,
et la magnanimité de l'Empereur, et
la paix rétablie, et la tranquillité rendue à l'île. Dans la ville, comme dans
le camp, les paysans, les notables, les
curés, les pères des communes, écou-

tèrent sans répondre, s'éloignèrent
sans proférer une parole(1). Ce silence
avait-il une voix assez haute, et me-
naçait-il assez ceux qui se croyaient
à jamais vainqueurs ?

Les Génois affirment qu'à partir de
ce jour ils exécutèrent scrupuleuse-
ment les conditions accordées; les Corses prétendent que, moins de six mois
après les capitulations, les agents de la
république tentaient de rétablir la gabelle, et de lever de nouveau l'impôt
des armes (2). Dès le moment où ce
traité fut conclu, la cour de France,
plus attentive à la situation politique
de l'Italie, qui en ce moment occu-

(1) M. Coutlet à M. de Maurepas, le 9 juin 1733.

(2) Manifeste et pétition des Corses adressés au roi
Louis XV, au mois de juin 1738.

pait ses pensées et presque ses armes,
et plus en état d'apprécier ce qui
tient aux sentiments nationaux d'indépendance et d'honneur, témoignait la crainte qu'on n'eût suivi, des
deux parts, une mauvaise route. Le
recours des Génois aux Allemands,
disait-elle, a été si généralement dés-
approuvé qu'il ne fallait pas moins que
le succès pour le justifier. Or, l'évène-
ment n'est pas favorable, car on ne sait
aujourd'hui qui est le plus mécon-
tent, dans toute cette affaire, des Génois, des Allemands ou des Corses (1).
La liberté qu'a l'empereur de prendre
la part qu'il voudra bien à ce qui se

(1) M. de Chauvelin à M. de Campredon, les 29 juin et
20 juillet 1733.

M. de Campredon à M. de Chauvelin, le 7 juillet 1733.

passera dans l'île (1), n'est pas d'ailleurs le seul inconvénient qu'entraîne
la soumission à la garantie de ce
prince (2); et, dans l'état où sont les
choses, il conviendrait de tendre plutôt
à se concilier qu'à s'aliéner l'esprit des
Génois, et des Italiens en général (3).

C'est que, dans l'état où étaient
les choses, la France, inquiète des
projets et mécontente des procédés
de l'empereur, se préparait à la
guerre qui éclata au mois d'octobre
1733. Elle voyait donc avec peine que

(1) La garantie donnée par l'empereur Charles VI, à la
date du 13 mai 1733, porte qu'il s'engage à obliger la République à maintenir ses engagements, pourvu que les
Corses se montrent sujets obéissants et fidèles.

(2) M. de Chauvelin à M. de Campredon, le 3 août 1733.

(3) M. de Chauvelin à M. de Campredon, le 15 septembre et le 18 octobre 1733.

le sénat de Gênes se fût mis sous le patronage impérial. Elle faisait sentir à M. de Sorba, ministre de la république à Versailles, que peut-être il faudrait compter avec elle de ce moyen nouveau d'influence donné à Charles VI, et tout en accordant à ses prières un édit de probibition pour le transport des armes et des munitions dans l'île, elle n'en témoignait pas moins que l'Espagne aurait bien pu avoir quelques titres à faire valoir sur la Corse (1), elle encourageait le duc de Parme à protéger les exilés (2) et le grand-duc de Toscane à refuser la clôture de ses ports aux bâtiments sortis de Bonifaccio ou des autres par-

(1) M. de Chauvelin à M. de Campredon, le 10 août 1733.
(2) M. Coutlet à M. de Chauvelin, le 2 juin 1733.

ties de l'île (1). La république, épuisée d'argent, exposée de la part du gouverneur du Milanais à des demandes
sans cesse renaissantes (2), maudissait
déjà les secours étrangers qu'elle allait
être au moment de réclamer encore.
Les Corses faisaient provision de fusils
et de poudre (3). Une occasion vint à se
présenter, et le soulèvement éclata
de nouveau. Jean-Jacques Castineto
prit les armes dans la Pième d'O-
rezza (4); le cap Corse s'agita; la Ba-

(1) M. de Campredon à M. de Chauvelin, le 18 juillet 1733.

(2) M. de Campredon à M. de Chauvelin, le 7 juillet 1733.

(3) M. de Campredon à M. de Chauvelin, le 4 août 1733.

(4) M. de Campredon à M. de Chauvelin, le 6 octobre 1733.

M. de Campredon à M. de Maurepas, le 7 octobre 1733,

lagne fut occupée ; sur les hauteurs de
Vescovato un étendard fut arboré,
qui n'était plus celui de Gênes. Le
sénat eut recours à Giafféri, qu'il avait
tenu si long-temps captif, et lui demanda de ramener ses concitoyens à
l'obéissance (1). Giafféri refusa de répondre aux Génois, quittal a cour de
Parme, se jeta dans une barque, et
vint parmi les siens faire entendre de
nouveau son cri de guerre et de liberté. Le sénat mit de nouveau sa tête
à prix; mais Giafféri n'était pas homme
à s'en apercevoir. Paoli accourut de
Naples, Ciaccaldi d'Espagne, Luc
d'Ornano prit le commandement au-
delà des monts. Louis Giafféri, André

(1) M. de Campredon à M. de Chauvelin, le 6 octobre 1733.

Colonna Ciaccaldi, Hyacinthe Paoli,
furent déclarés généraux du royaume.
On fit quelques lois, on acheta beaucoup d'armes; on s'adressa, pour trouver des protecteurs, à Naples, qui ne
put rien; à l'Espagne, qui n'osa rien;
à la France, qui ne jugea pas le moment venu; et les hommes n'étant
et ne voulant être d'aucun secours à
la cause de la liberté, la Corse mit sur
son étendard le nom et l'image de la
Vierge, mère du Seigneur, parce que,
sous son égide, on pouvait combattre,
et qu'après l'avoir priée, on pouvait
mourir. La seconde guerre commençait, une guerre qui ne devait plus
avoir pour Gênes que des succès trom-
peurs, une guerre d'indépendance, à

la fin de laquelle un peuple entier fut donné par ceux qui ne l'avaient plus à ceux qui n'avaient pas droit de l'avoir.

C'est à la troisième année de cette guerre qu'est placée l'action du livre qu'on va lire.

Gênes, étant alors le point important d'une des routes de Rome et de Naples, et le passage le plus fréquenté peut-être de l'Italie, il était assez naturel qu'il s'y rencontrât des personnages de toute espèce. Les gens considérables y affluaient ; les voyageurs et les ministres avaient toujours un peu de temps à y demeurer ; on peut juger s'il s'y trouvait des aventuriers. Le résident et le consul de France

étaient sans cesse occupés de quelque
compatriote de cette espèce. Tantôt,
c'était un abbé de grande maison qui
s'en allait, vêtu en cavalier, et que
l'on renvoyait, sous bonne garde, au
château d'If; tantôt, un prétendu fils
de M. le duc du Maine, qui répugnait,
disait-il, à recevoir le chapeau de cardinal, et préférait n'être que prince de
Dombes ou comte d'Aumale; plus tard,
un étranger, naturalisé en France par
hasard, qui, né à Metz, marié à Ma-
drid, page de M. le duc d'Orléans,
soldat de Charles XII, veuf d'une Anglaise, et résident de l'empereur à Livourne, projetait d'aller à Maroc pour
voir s'il n'y aurait pas quelque entreprise à faire. De celui-ci, j'en parlerai

plus au long à la fin du second volume :
il vaut bien un article à part, et son
étourderie, son courage, ses dissipa-
tions, son inconstance, les hasards de
sa vie, l'amertume de sa mort, lui mé-
ritent une place qu'on a faite trop petite jusqu'à ce jour. Celui-là s'appelait
Théodore Antoine, baron de Neuhoff.
On le retrouvera, au milieu de l'histoire de Claire Catalanzi, peint lé-
gèrement, mais avec quelque vérité
peut-être.

Je n'ai pas cru nécessaire de joindre
à ce peu de lignes aucune explication
sur des détails de mœurs, qui pourront,
peut-être, sembler singulières; je crois
seulement pouvoir assurer qu'il n'est
aucun de ces détails que je n'aie vu
moi-même ou que je n'aie entendu

raconter aux habitants de l'île tandis
que j'étais en Corse (1).

(1) J'indique ici, dans le cas où cet ouvrage donnerait
quelque désir de connaître mieux la Corse, le peu de livres
que l'on peut consulter avec fruit sur ce sujet :

Les Annales de Pietro Cirnœo ;

Celles de Filippini ;

Les unes et les autres, dans l'édition nouvelle et très
bonne que M. le comte Pozzo di Borgo a fait publier par
M. Giacobi ;

L'histoire écrite par M. Giacobi lui-même, avec beaucoup d'ordre et de force ;

L'Histoire de Limpérani ;

Les Révolutions de Corse, par l'abbé de Germanès ;

L'Histoire de l'île de Corse, par le général Pommereul ;

La noblesse de Corse, par Tristan l'Hermite ;

La Cyrnéide, où M. le prince de Canino a mis de bien
beaux vers et de bien nobles sentiments ;

La vie de Sampier d'Ornano, le héros de la Corse ;

Les Mémoires historiques, militaires et politiques sur la
Corse, du bonhomme apothicaire Jaussin.

Les Mémoires sur la Corse, par le colonel Frédéric,
fils de Théodore.

CHAPITRE PREMIER.

— Cela est donc bien certain, Savério;
vous ne voulez pas me donner la main de
Claire ?

— Je ne te l'ai point refusée, Paul, mais
je ne puis te la promettre : nous ne sommes
point en un temps où l'on doive traiter

d'affaires de mariage ; et lors même que
nous serions en paix, l'absence de mon fils
Lucien me préoccupe trop l'esprit pour
que je puisse me résoudre à rien décider
sur un tel sujet.

— Mais votre fils ne court aucun danger.

— Tu l'ignores, et je n'en sais pas plus
que toi. Depuis six mois bientôt que notre
oncle Orticone l'envoya sur le continent
d'Italie, nous n'avons eu de lui que d'in-
suffisantes nouvelles. J'ai appris qu'il avait
été à Venise, et qu'il en était tardivement
reparti. Où est-il maintenant? que fait-il?
quand le reverrons-nous? Tu es jeune,
Paul, tu regardes devant toi, tu te mesures
avec l'avenir, et l'avenir ne t'effraie pas ;
mais si de huit enfants il ne te restait qu'un
fils et qu'une fille, tu songerais au passé,
peut-être, tu craindrais ce qui peut arriver, et tu aurais toujours pour l'absent
plus de la moitié de tes pensées.

— Mon Dieu ! vous le savez assurément, Savério ; quand toutes les habitudes et toutes les affections de l'enfance ne m'attacheraient pas à votre fils Lucien, son incroyable ressemblance avec Claire suffirait seule à me le faire aimer. Qui le voit croit la voir, et moi qui voudrais la voir sans cesse !

— N'aimes-tu donc Lucien qu'à cause de sa sœur, jeune homme ? Ah ! je te plaindrais, en ce cas, de n'avoir pu sentir tout ce qu'il y a de généreux dans le plus noble cœur que dix-huit années aient formé ! Nous sommes anciens parmi les anciens de la Corse ; nos aïeux ont été à toutes les guerres ; nos pères tenaient le premier rang entre les caporali (1) de nos contrées ; moi-

(1) Les caporali étaient les principaux notables des communes. Le peuple, dont ils furent d'abord les protecteurs, leur obéissait ; plus tard ils voulurent presque s'ériger en seigneurs et devinrent la cause de beaucoup des maux qui affligèrent le pays.

même, je n'ai pas dégénéré de leur courage, et depuis dix ans bientôt j'ai montré aux Génois ce que valait le nom de
Catalanzi ; mais Lucien ! ah ! Lucien, c'est
bien plus que moi, bien plus que ces ancêtres : c'est ce qu'il y a de meilleur, de
plus brave, de plus ferme dans nos montagnes. A quatorze ans, il combattait à mes
côtés ; à dix-huit, il a été jugé digne d'aller
négocier pour notre cause nationale. Tu
n'aimes pas assez mon Lucien, et qui n'aime
pas Lucien, n'aime ni moi ni Claire.

— Vous êtes bien sévère aujourd'hui
pour celui qui ne demande qu'à vous donner le nom sacré de père. Offrez-moi l'occasion d'être pour Lucien et pour vous ce
que je voudrais être, souffrez que je prenne
dans votre famille les devoirs et la tendresse
d'un fils, et vous connaîtrez bientôt, j'espère, que je n'ai pas le cœur indigne de
vous.

— Encore une fois, Paul, ne parlons point aujourd'hui de mariage. Je ne te défends pas de prétendre à la main de Claire, et c'est déjà t'accorder beaucoup. Mais tant que Lucien ne sera point rentré dans la maison paternelle, tant que la guerre où nous sommes engagés n'aura pas amené pour nous des jours d'indépendance, suspends tes projets et retiens tes paroles. En ce moment, le Corse n'a de mariage contracté qu'avec sa patrie, d'épouse que sa carabine, de père que Giafféri qui nous commande ; tout le reste est et doit être oublié.

— Savério, est-ce donc là ce qu'il faut aller dire à ma mère ? Ma mère est veuve et déjà vieille ; sommes-nous assurés qu'elle puisse attendre ?

— Ce que tu rapporteras à ta mère, jeune homme, je vais te le dire, et elle t'entendra, car elle a du vieux sang libre

dans les veines. La perfidie et la misère, lui
diras-tu, avaient mis, il y a quatre siècles,
notre patrie sous le joug des Génois. Après
avoir été vassaux de Rome et donnés aux Pisans, nous fûmes conquis et livrés comme
des troupeaux ; mais sur le continent d'Europe , les troupeaux se soumettent sans
effort à la lance ou à la hampe du berger : en
Corse , les troupeaux errent à l'aventure,
lèvent la tête contre qui les maltraite, et se
jettent dans les précipices plutôt que de
céder aux coups des pâtres. Nous avons
fait comme nos troupeaux , et les trois
cents ans de conquête Génoise ont été trois
cents ans de lutte et de combats. Puis , il a
fallu reprendre des forces , parce que les
nôtres étaient épuisées, et nous avons sup-
porté près d'un siècle d'obéissance. Les
forces nous sont revenues ; la Corse a mis
la main sur le cœur de ses fils : et elle l'a
trouvé plein de sang et de vie , et elle a

poussé son cri de guerre , et tant que nous
aurons de la vie au front et du sang dans les
veines, nous combattrons pour que nos
enfants naissent plus libres que ne sont
morts nos pères. Déjà Bastia a été deux
fois envahie, le provéditeur Rivarola nous
a laissé dans les mains ses étendards humiliés ; Corte pourrait être occupé par
nous : c'est une lutte où il faut que le
despotisme succombe.

— Et si les Génois étaient vainqueurs ?
interrompit Paul.

— Si les Génois étaient vainqueurs ! s'é-
cria Savério. Au moment où je te parle,
nous sommes battus de toutes parts, dis-
persés, sans munitions, sans armes; Paoli
cherche vainement, dans le sud de l'île, à
rassembler les débris des levées de Sartène;
Giafféri dans la Balagne, Orticone du côté
de Morosaglia, courent des dangers de
chaque jour. Mais nous ne sommes pas

vaincus, mais les Génois ne seront pas
vainqueurs ! et les églises tomberont en ruines, et les mackis (1) seront en feu, et les
femmes n'auront plus une épingle d'argent
avant que nous nous soumettions. A défaut
de victoire, la mort est là pour rendre libres ceux qui veulent bien l'être. Je t'aime,
Paul, parce que je t'ai vu naître ; mais ma
fille ne t'aimera que lorsque tu seras digne
d'elle ; et qui désespère de sa patrie est
bien près de désespérer de lui-même.

— Il faut donc attendre, Savério?
— Il faut attendre, Paul.
— Le retour de Lucien?
— Plus encore, un jour de liberté pour
la Corse, un jour de gloire pour nous. Le

---

(1) Les mackis sont des étendues de plaines incultes, mais
couvertes d'une végétation sauvage et vigoureuse qui se
renouvelle sans cesse, et que l'on brûle quand on veut
ensemencer la terre. Pendant les guerres on y mettait
souvent le feu pour arrêter l'ennemi.

mariage est une chose sainte, vois-tu, un
sacrement béni par Dieu lui-même; mais
quand le Seigneur apparut au monde, ce
fut pour y détruire l'esclavage : des esclaves n'oseraient se présenter devant son
autel. Quand nous serons libres, tu revien-
dras me parler de Claire et d'hyménée.

— Ah! Savério! elle est si jolie!

— Elle est plus que jolie, car elle a le
cœur haut et le front pur; elle sait ce que
vaut l'honneur de la patrie; elle est Corse
comme moi, noble comme moi, brave
comme moi. Ne me parle plus de sa beauté,
Paul, mais parle-moi de Gênes et de nos
combats, de la Corse et de notre liberté :
alors je pourrai t'entendre.

— Mais si Lucien ne revient pas d'I-
talie?

— Lucien reviendra. Un messager, envoyé
par moi à Livourne a dû lui donner l'avis
de la tentative nouvelle que nous allons sans

doute entreprendre, et dont vous serez tous instruits quand on l'aura définitive-ment résolue. Je serai probablement chargé de conduire un des corps. Comme je puis succomber dans l'attaque, je ne dois pas le diriger seul : il faut un chef pour me rem-placer, une voix pour pousser le cri de guerre, un bras pour ramasser le fusil échappé de mes mains, et j'ai mandé Lu-cien près de moi.

— Et si je ramassais ce fusil, Savério?

— Enfant, nos compagnons ne t'obéi-raient pas. Je te crois brave, et j'espère que tu sauras combattre avec nous : mais tu es né de l'autre côté des montagnes, au bord du golfe de France, et tu n'as ni notre ac-cent, ni nos souvenirs. Quand tu auras versé ton sang avec nous, les miens te re-connaîtront peut-être. Il n'y a qu'une chose pareille chez tous les hommes : c'est la couleur du sang versé

— J'attendrai les combats.

— Tu ne les attendras pas long-temps.

Que Dieu vous conserve, Savério!

— Que Dieu nous rende libres, Paul!

CHAPITRE II.

Des deux hommes qui avaient eu ensemble cet entretien, l'un était d'une haute stature, d'un visage sévère, le front basané, les mains rudes, la démarche haute; vieux paysan noble dont les ancêtres avaient habité toujours et toujours défendu les collines de Venzolasca et les plaines qui s'é-

tendent de Venzolasca à la mer; l'autre,
plus petit, plus frêle, beaucoup plus jeune,
puisqu'il n'avait que vingt-cinq ans à
peine, sortait d'une de ces familles Grecques
transplantées aux rivages de la Sagonne.
Paul Trémadino, c'était son nom, était
le seul espoir de sa mère, le seul rejeton
d'une race antique, alliée, disait-on, aux
anciens Césars que l'Orient avait adorés.
Brave, ardent, plein de chaleur et de piété
tout ensemble, il aimait, depuis deux ans,
Claire, la fille de Savério Catalanzi, Claire
la plus charmante fille de ces contrées,
Claire aux yeux touchants, à la taille souple et flexible, à la douce et tendre voix,
ange aux formes mortelles, qui avait des
anges du ciel la modestie et la fermeté
tout ensemble, Claire l'exemple et l'orgueil des villages, que tous les jeunes gens
eussent souhaitée pour épouse, toutes les
mères pour enfant, et toutes les jeunes

filles pour sœur. Savério n'avait ni défendu
ni favorisé cet amour. Il comprenait quelles
incertaines chances s'attachaient aux destinées que devaient décider les armes . et,
dans sa tendresse paternelle, il avait senti
qu'à défaut de son fils Lucien et de lui-
même, un appui serait nécessaire à sa
fille ; mais la tendresse paternelle se taisait, pour ainsi dire, devant les dangers
de sa patrie, et, décidé qu'il était à sacrifier
s'il le fallait tout ce qu'il possédait au
monde pour soutenir cette patriotique
querelle, il aurait cru manquer à son devoir de citoyen et presque à son honneur
de noble, s'il eût disposé de sa fille, le plus
cher, le plus précieux trésor que lui eût
laissé la guerre. L'amour, disait-il quelquefois, l'amour est mortel, mais la patrie est
sainte; l'amour est à nous, mais nous
sommes à la patrie. Dieu décidera de nous
quand il décidera d'elle.

Et Savério disait vrai ; car jamais , depuis
deux siècles , la Corse n'avait eu plus besoin
du dévouement de ses enfants. La Corse a
jadis appartenu aux Carthaginois; les Romains la leur enlevèrent. Marius et Sylla y
fondèrent des villes détruites aujourd'hui.
Au Bas-Empire, les barbares la ravagèrent;
aux siècles suivants , les Musulmans y portèrent leurs étendards. Charlemagne la
reconquit, et la donna au successeur de
saint Pierre , dans le même temps où il lui
donnait Ravenne et les Marches. Mais le
siége pontifical, ébranlé par les passions
humaines , ne pouvait suffire à tous ses
devoirs. Un des papes , Urbain II , mit d'a-
bord les évêchés de Corse sous la direction
de l'évêché de Pise , puis bientôt l'île sous
l'autorité de l'évêque de cette ville. Les
évêques , investis un moment d'un pouvoir
presque sans limites dans leur propre cité,
furent expulsés par les guerres civiles ; et

la république de Pise ayant hérité de ceux
qu'elle chassait, la Corse devint une dépendance de la commune Pisane. Cependant, Gênes la guelfe et Pise la gibeline
avaient commencé cette longue série de
guerres qui devaient occuper plus d'un
siècle. La Corse en fut souvent le théâtre,
plus souvent la victime. Les trèves ména-
gées par les pontifes engendrèrent chaque
jour de nouveaux combats ; les flottes ennemies couvrirent de leurs débris les ports
et les mers de l'île. Une défaite sanglante,
imprévue, anéantit tout d'un coup la marine, la puissance et presque la liberté de
Pise, et la Corse, abandonnée aux vainqueurs, devint un des riches fleurons du
bonnet des doges. A partir de ce jour, on
surmonta ce bonnet d'une couronne. Le
doge, au sénat, disait : notre royaume ;
devant lui, l'on portait un sceptre ; et en
séance, les sénateurs disaient aussi : notre

sceptre, notre couronne et nos sujets. Les évêchés furent occupés par des Génois, les emplois des villes par des Génois, les forteresses par des Génois. Un Génois eut, à Bastia, le droit de vie et de mort ; les saints de Gênes prirent pour eux les églises ; et les femmes Corses pleurèrent, car elles ne mettaient plus au jour que des enfants esclaves. C'en était assez peut-être pour la défaite : ce n'était pas assez pour la soumission. Bien du temps s'écoule avant que les nations ne consentent à perdre leur existence propre, et avec leur existence leurs souvenirs, et avec leurs souvenirs leurs espérances ; et dans cette union, qu'on appelle quelquefois le mariage de deux peuples, le plus faible ne quitte sans résistance ni son nom, ni ses droits. De tous les pays du monde d'ailleurs la Corse est celui peut-être où parle le plus haut le sentiment de la patrie. Parcourez ses mon-

tagnes, entrez dans ses habitations; et si
vous écoutez les récits des enfants ou les
traditions sorties de la bouche des vieillards, vous retrouverez partout la trace
des événements passés, la mémoire des
guerres nationales, le respect et l'admiration pour les hommes qui ont honoré l'île.
Sur les plages qui bordent la mer, ou dans
l'ombre de leurs forêts séculaires, les
Corses parlèrent de leur nouvel esclavage
et de leur ancienne gloire, et ils prirent
les armes. Gênes leur envoyait des gouverneurs ou des comtes; elle les inféodait à
ses Frégose, ou les donnait en ferme à la
banque de Saint-Georges. Les Corses combattaient contre les Frégose et les comtes,
contre les provéditeurs de la république
et les généraux de la banque; et quand ils
se sentaient trop faibles, ils offraient leur
soumission temporaire, leur éternel courage et leur sang qu'ils savaient répandre,

à tous les ennemis de Gênes. Les rois d'Ar-
ragon, le pape Eugène IV, les Visconti de
Milan les accueillirent et leur manquèrent
tour à tour. Au xvɪᵉ siècle (en 1498
du moins), naquit Sampier d'Ornano, le
héros de l'indépendance Corse. Pendant
soixante années, il vécut sur les champs
de bataille, achetant au prix des dangers la
faveur, l'or et les soldats de la France, pour
les conduire ensuite à la délivrance de son
pays. Mais les jours n'en étaient pas arrivés
encore...Sampier d'Ornano périt assassiné;
sa famille, transplantée en France, s'étei-
gnit un siècle après lui, et l'indépendance
Cyrnéenne (1) s'ensevelit dans la tombe
sanglante de Sampier d'Ornano. De longs
jours passèrent encore, et chacun de ces
jours fut plein d'amertume et de haine.
Puis, quand un siècle et demi eut renouvelé

(1) Cyrnos est l'ancien nom de la Corse.

les populations affaiblies, quand les contre-
bandiers eurent apporté assez de poudre,
quand les enfants et les vieillards eurent
assez d'armes cachées, un soulèvement général éclata en 1730. L'étendard Génois fut
abattu partout où l'on put l'atteindre. Le
chanoine Orticone d'abord, Louis Giafféri
avec lui, Hyacinthe Paoli ensuite, s'élevèrent
au milieu de la foule des insurgés. On com-
battit sur les routes, dans les vallées, aux
portes d'Ajaccio ou de Bastia, sur les bords
du Liamone ou du Tavignano Les Génois,
surpris d'abord, se rassurèrent en se mettant, au nom des vieilles mouvances féo-
dales, sous la protection de l'Empire. Un
prince de Wurtemberg et huit mille Allemands vinrent reprendre les forteresses
enlevées. Des secours d'hommes furent
achetés par la république en Lombardie,
et jusque chez les petites puissances d'Allemagne. Les princes d'Italie demeuraient

immobiles ; la France paraissait neutre. En
1730, la guerre était générale sur toute la
face de l'île. Mais à la fin de 1735, les Corses,
repoussés de toutes parts, n'avaient plus ni
places, ni refuges. Les ravins autour de
Morosaglia, les mackis d'Aléria, la petite
ville de Cervione, composaient tout le territoire libre ; et le rocher d'Antisanti, occupé par les Allemands et les Génois, me-
naçait chaque jour ce territoire même à la
tête duquel il était placé. Tout autre peuple
eût perdu l'espoir, et par conséquent la
volonté de reconquérir son indépendance ;
mais Giafféri, le premier des Corses, mais
Orticone, mais Paoli, mais le dernier des
bergers Cyrnéens eût souri si la voix même
d'un prêtre eût fait entendre le mot de
soumission aux Génois. Les femmes portent
des boucles d'oreilles d'argent ou d'or : elles
en donnèrent chacune une ; les hommes
ont quelquefois un ornement d'argent à

leurs chapeaux : ils le fondirent. On envoya
sur le continent un agent chargé de négocier avec les étrangers, s'il était possible,
et d'acheter de la poudre, qui devait être
d'un usage plus sûr que les négociations;
puis on résolut d'attendre cinq mois en
silence afin de laisser arriver les munitions,
afin aussi de profiter des jours plus longs
et des nuits plus claires.

On avait attendu. L'équinoxe était passé;
les armes étaient venues : on était au printemps de 1736.

CHAPITRE III.

En rentrant dans sa modeste demeure, Savério Catalanzi appela sa fille. Claire accourut et se jeta dans les bras de son père. Elle était, ce jour-là, plus jolie que jamais. Sa taille élégante et souple était serrée dans une jupe de drap écarlate; une tresse de même couleur entourait ses longs

cheveux; un fichu turc, apporté de Livourne, protégeait la blancheur de ses
épaules, et ses bras étaient recouverts à
peine par des manches larges, brodées au
poignet avec des soies de couleur. Savério
la considéra quelque temps en silence.
Claire, de son côté, le regardait avec ce
doux sourire d'un enfant qui se sent ca-
ressé par les yeux de son père. Au bout de
quelques moments, elle donna un nouveau
et plus tendre baiser sur la joue brunie de
Savério; puis, lui prenant la main :

— Vous avez l'air satisfait, père, dit-elle :
c'est qu'il est arrivé des nouvelles de Lucien.

— Hélas! non, répondit Savério, je ne
sais rien de lui.

— Son absence est bien longue.

— Ah! dit précipitamment le vieillard,
je n'ai point d'inquiétude : pourquoi en au-
rais-je?

— Je ne sais. Et avez-vous vu Paul Trémadino?

— Je l'ai vu : il est toujours le même, et
songe toujours à t'épouser. Cela n'est-il pas
singulier?

— Je ne trouve pas cela singulier, mon
père.

— Tu l'aimes donc?

— Quand vous aurez fixé le moment et
permis la demande, quand les familles se
seront visitées et que nous aurons entendu
les mêmes messes à l'église, je vous répondrai et je lui répondrai à lui-même. Je n'ai
voulu lui donner, ni lui refuser d'espérance, et ce serait trop donner ou trop
ôter d'espérance, que dire ce qui se passe
au fond du cœur.

— C'est agir dignement et comme il
convient à la fille de ta pauvre mère. Mais
ce n'est point pour parler de Paul Trémadino que je revenais en toute hâte. Un

messager, porteur d'un billet du cha-
noine(1), vient de passer ici. Les villages
sont convoqués demain à Morosaglia. Je
viens quitter ce fusil simple pour prendre
mon fusil à deux coups, et chercher ma
ceinture et mon capelet (2).

— Voici votre fusil, mon père ; voici le
capelet et votre bonnet de cuir. Ne prenez-
vous pas votre belle ceinture brodée, et ne
voulez-vous pas quelques provisions pour
la route? Ritta vous les apprêterait d'a-
bord.

— Non, je n'ai la pensée de partir ce
soir que si je vais seul ; et peut-être ferai-je
mieux, en tout cas, d'attendre l'aube du
jour. Rusticuccio me dit hier qu'en chas-
sant les muffoli (3) sur la montagne, il avait

(1) Le chanoine, c'est Érasme Orticone.

(2) Le capelet est un manteau d'étoffe brune, dégagé,
court, et dont l'extrémité sert à recouvrir la tête.

(3) Les muffoli sont des moutons sauvages.

aperçu quelques avant-postes allemands;
et comme nous n'avons pas encore l'ordre
de combattre, j'agirai plus sagement en
évitant leur rencontre.

— Eh bien! demain, j'irai avec vous à
Morosaglia.

— Avec moi!

— Avec vous! Puisqu'il peut y avoir du
danger, puisque Lucien n'est pas ici, c'est
mon droit de vous suivre. Vous savez bien,
quoique je ne porte pas de fusil, que lorsqu'on m'en place un dans les mains je sais
en faire bon usage. Je prendrai votre ceinture, et nous traverserons la montagne
ensemble.

— Mais cela n'est pas possible.

— Mais si ma mère vivait, vous l'auriez
emmenée avec vous, et vous m'avez dit
souvent que je remplaçais ma mère. Et
puis, j'ai peut-être envie de voir la diète de

Morosaglia. N'est-il pas vrai que vous con-
sentez, mon père?

Savério retint un soupir d'émotion qui
sortait doucement de son cœur. Il mit si-
lencieusement la main sur la tête de sa
fille, et Claire se hâta de répondre à ce
muet consentement.

— Voilà le soleil qui se couche, dit-elle,
et déjà l'embouchure du Golo ne paraît
plus que comme un point confus au milieu des sables. Allons prendre un peu de
repos, car demain, au point du jour, il
faudra partir. Je prierai pour vous et pour
Lucien devant la petite madone du lit de
ma mère.

— Prie aussi pour la Corse, mon enfant,
et que Dieu nous entende!

Morosaglia, où ils vinrent le lendemain,
est un ancien couvent situé au milieu des
montagnes, sur l'arête orientale de la chaîne
dont l'île est traversée. Une porte grossière

y donne entrée. Une cour, entourée de
portiques dont l'architecture est peu élégante, s'étend entre le portail et l'église.
L'eglise elle-même n'a rien de remarquable comme art ni comme aspect : elle est
assez grande, assez ornée, mais sans élégance. Le voyageur qu'un hasard conduirait sur ces sommets arides s'effraierait de
la pauvreté du couvent. Le paysan qui s'y
rend comme en pèlerinage, n'en approche
qu'avec un respect religieux ; car c'est là
que vivent les souvenirs de la nationalité
Corse ; c'est là que les anciens rois de l'île
tenaient leurs plaids souverains; là, que se
sont promulguées les lois, là que se sont
prises toutes les grandes résolutions, et
réunies toutes les grandes assemblées populaires. Le capitole ne tenait guère plus
de place chez les Romains que le couvent
de Morosaglia parmi les enfants de Cyrnus.
Aussi, prêts à donner le signal d'une entre-

prise nouvelle, Orticone et Giafféri avaient-
ils voulu consulter la libre volonté de leurs
compagnons d'armes dans le lieu même
où, depuis tant de siècles, il semblait que
la Corse fît entendre sa voix solennelle.
Des envoyés avaient couru, en même temps,
sur tous les points ; et de tous les points on
s'était mis en route pour venir à l'assemblée
générale. A peine le jour avait-il paru, que
l'on vit sur les pentes les plus éloignées ap-
paraître les premiers députés des villages,
la poitrine couverte d'une véste juste à
boutons de métal, et la tête surmontée
d'une sorte de bonnet phrygien à haute
forme, en cuir bruni, les jambes enveloppées dans de longues guêtres de cuir, re-
haussées de broderies en fils d'argent ou
de cuivre, le col nu, le capelet roulé en arrière au-dessus de la ceinture qui contient
les munitions, un fusil à deux coups passé
en bandoulière, un stylet dans la ceinture,

un couteau double à côté du stylet. Ces
hommes s'avançaient d'un pas rapide, si-
lencieux pour la plupart, l'air grave et le
front préoccupé. Quelques femmes les sui-
vaient, tenant leurs enfants par la main; un
ou deux vieillards à cheval marchaient
après chaque députation. A mesure que le
ciel s'éclairait davantage le nombre des
voyageurs augmentait. Ils semblaient s'é-
lever de chaque ravin, descendre de chaque colline, sortir de chaque bois de mar-
ronniers, de pins ou de noyers. Bientôt,
toutes les rampes en furent couvertes; la
foule grossissait, serpentait et se déployait
au loin; tout sur cette montagne était mouvement, et tout était silence; car ces hommes allaient traiter des intérêts de leur
patrie, car ces enfants et ces femmes savaient que Morosaglia était le lieu saint de
la Corse. La porte s'ouvrit: ils entrèrent,
ils prirent place à leur rang et dans l'ordre

indiqué. Là, étaient les Biancolucci de Ca-
polaggia, et les Fabiani de Campoloro et
les Saluschi de la Rocca di Pipella; les Ma-
raninchi de la plage d'Olmia, et les Ter-
chino de Rostino, le glorieux village; les
Gentile et les Maldini, Dom Pierre d'Ornano qui portait un si grand nom, Hyacinthe Paoli qui en commençait un si célèbre; Là étaient les Colonna de Rome, et
les Monticchi d'Ajaccio qui avaient donné
naissance aux Suzzoni et aux Pozzo di
Borgo, et l'un des Buonaparte venu de San-
Miniato et quelqu'un des Mainotes exilés
de la Laconie, et tant d'autres vieux représentants de la vieille liberté. Ils s'assirent,
ils prièrent. Orticone célébra le saint sacrifice, puis Giafféri se leva, Giafféri le
brave entre ces braves.

— Écoutez, dit-il, écoutez tous, vous
qui avez une patrie et à qui on la dis-
pute, vous qui êtes nés serviteurs de

Dieu, et que Gênes veut maintenir sujets
de Gênes. Dix années sont écoulées depuis que notre drapeau s'est relevé de la
poussière; beaucoup de nos jours ont été
pénibles, beaucoup de nos champs ont
été ravagés; nous n'avons plus d'argent,
nos femmes, plus de bijoux, nos filles, plus
de dots; mais nous avons des armes ven-
dues par l'Angleterre, de la poudre achetée
en Hollande, et nos enfants ont grandi en
apprenant à se servir du fusil de leurs
pères. Gênes est victorieuse, mais effrayée.
Elle fortifie Antisanti, cette roche insolente
d'où nos ennemis nous menacent et nous
voient, et elle nous offre le pardon si nous
voulons nous soumettre Vous savez ce que
c'est que le pardon de Gênes. Voulez-vous
apprendre ce que la soumission peut valoir? Voici l'étendard de notre pays, l'étendard de Vicentello, d'Istria et de Sampier
d'Ornano, l'étendard percé de balles qui

ne flotte qu'au vent de la liberté, l'étendard de nos aïeux qui a couvert la châsse
de nos saints et le berceau de nos enfants,
et voilà, devant moi, la tombe où dorment
les derniers chefs qui combattirent pour
nous. Levez-vous avec moi, fils de la Corse,
regardez une fois encore ce noble étendard,
et dites-moi ce qu'il en faut faire. Voulez-
vous céder ? je le jette, à vos yeux, au fond
de ce caveau sépulcral pour y cacher sa
honte ; voulez-vous combattre, je le porte,
à votre tête, sur le rocher d'Antisanti, pour
y délivrer notre Corse chérie. Vous qui
êtes hommes, qui êtes pères, qui avez une
patrie, choisissez. — En prononçant ces
paroles, il éleva l'étendard au-dessus de sa
tête et le baissa subitement comme pour
le précipiter dans la tombe entr'ouverte.
Cent poignards brillèrent à la fois ; cent
voix retentirent : En avant l'étendard de la
Corse ! à Antisanti notre étendard ! s'é-

crièrent tous les pères des communes. — A
Antisanti! s'écria Giafféri. Orticone, entonne
les actions de grâces, et vous, prêtres, fer-
mez ce caveau : la patrie en est sortie vi-
vante.

Les poignards se baissèrent devant l'autel, le *Te Deum* fit retentir les voûtes ;
puis, comme les derniers chants expiraient,
Giafféri parut hors du portail du monas-
tère, à la vue de tout le peuple rassemblé
sur les collines, dans les rochers et dans
les ravins d'alentour. Il se mit à genoux, fit
une prière, se releva vivement, et de sa
voix puissante, il s'écria : La guerre! Sur
les collines, dans les rochers, dans les
ravins d'alentour, les vieillards et les
femmes, et les guerriers et les enfants,
tout, avec l'accent d'une indicible joie,
répéta : La guerre!

CHAPITRE IV.

A trois jours de là, vers le soir, un espion renvoyé par le provéditeur Rivarola,
qui avait reçu son rapport, à l'officier mal-
tais Meldigozzo, qui commandait pour les
Génois dans le hameau d'Antisanti, arriva
près du commandant qui se promenait en

cet instant sur les rochers à pic dont cette
hauteur est couronnée. Meldigozzo était
une façon d'aventurier qui avait servi partout, et qui partout avait vendu son âme,
aussi bien que son corps , à ceux qui lui
donnaient un grade ou une paie. Congédié
du service de Venise, il avait passé à celui
de Gênes. Le prince de Wurtemberg (1) l'a-
vait conduit en Corse, et, le temps de son
engagement n'étant point expiré, il y demeurait, parfaitement indifférent à la cause
qu'il devait soutenir, mais quelque peu
soupçonné de n'être pas aussi indifférent
aux présents et aux liqueurs des contre-
bandiers de l'île d'Elbe ; soldat audacieux

(1) Frédéric-Louis, par la grâce de Dieu, prince de
Wurtemberg, duc de Teck, comte de Montbéliard, seigneur d'Haidersheim, général d'artillerie, colonel pro-
priétaire d'un régiment d'infanterie, commandant général
des troupes auxiliaires de S. M. I. et R. dans le royaume
de Corse. — Ce sont les titres qu'il prenait lui-même dans
ses ordres du jour.

au demeurant, tenace, inflexible, et tout-
à-fait de nature à défendre une roche aussi
mal fortifiée que celle d'Antisanti. Quand
l'espion arriva, M. le capitaine Meldigozzo
causait avec un autre officier tout différent
de tournure et de visage. Celui-ci portait
un uniforme blanc, à revers étroits, une cu-
lotte serrée, des bottes molles, un petit chapeau assez peu accommodé au service militaire, et une épée mince et longue, qui semblait plutôt un ornement qu'une défense.

— Monsieur le chevalier de Montry, disait le capitaine, car c'est bien M. le chevalier de Montry que l'on vous nomme,
vous avez singulièrement choisi votre temps
pour faire en Corse un voyage de plaisir.

— La curiosité perdrait son nom, monsieur de Meldigozzo, car c'est bien M. de
Meldigozzo que l'on vous appelle, si elle
suivait les chemins battus, et ne cherchait
que ce qu'a vu tout le monde.

— Ainsi vous ne venez en cette île que pour voir les rochers, et les montagnes, et les bois?

— Vous pourrez, si cela vous convient, vous en assurer encore en relisant la lettre du provéditeur.

— Mais si je ne m'en tenais pas pour assuré, monsieur?

— Cela produirait, monsieur, absolument le même effet que si vous en aviez la certitude.

— Il faudrait au moins m'expliquer pourquoi.

— Rien n'est si facile. Pour deux raisons; l'une, que votre général vous l'écrit, et l'autre, que je reçois assez mal l'expression d'un doute quand j'ai pris la peine de dire quelque chose.

— Et en sortant d'ici vous comptez vous rendre......

— Peut-être à Porto-Vecchio ou Sartène, peut-être à Saint-Florent et Calvi.

— Les deux bouts de l'île ! et vous traverserez les positions ennemies?

— Je ne les traverserai pas, je compte m'y arrêter.

— Mais, monsieur, ce sera trahir Gênes et sa cause.

— Je voudrais bien savoir, monsieur, quelles obligations Gênes m'a fait contracter envers elle pendant huit jours que j'y ai passés? je n'y ai pas même une maîtresse, et cependant...

— Et cependant...?

— Vous défendez Antisanti, je pense, et non pas les dames de Gênes; je tiendrai, si vous le voulez, leur vertu pour aussi escarpée que cette montagne : ne nous brouillons pas pour cela. Je repars demain au lever du jour, et vous prie d'avance de me croire votre très humble serviteur.

— Mais, monsieur, je ne puis vous laisser

partir pour suivre la direction que vous dites.

— Vous me laisserez partir, monsieur, parce que je le veux, parce que je suis officier au service de France, et que le roi mon maître souffrirait assez mal volontiers un méfait du genre de celui dont vous parlez ; je m'arrêterai où bon me semblera, parce que j'y suis autorisé ; je ne prendrai les ordres de personne, parce que cela ne me convient pas ; et si vous avez quelque commission pour Malte, où votre père est intendant de la cathédrale, je m'en chargerai très volontiers.

Le souvenir de Malte calma subitement le pauvre Meldigozzo. Il se tut, non sans quelque embarras ; et cependant il cherchait dans sa tête le moyen de reprendre avec avantage une conversation qui avait assez mal tourné pour lui. L'arrivée de l'espion mit un terme à cette perplexité

incommode. Jérôme, c'était le nom de cet
homme, remit au capitaine le signe de reconnaissance convenu avec le provéditeur
Rivarola, puis il se tint debout, immobile,
fixant son regard attentif sur Meldigozzo,
et attendant que celui-ci l'interrogeât.

— Eh bien! que veut le provéditeur, et
que viens-tu me raconter? dit enfin le capitaine après un silence. — Monsieur le
chevalier, se hâta-t-il d'ajouter, vous voyez
combien j'ai peu de soupçons de vous,
puisque j'interroge cet envoyé en votre
présence.

— Je n'ai, monsieur, aucun désir de
l'entendre, et vous quitte la place.

— Non, non, restez, je vous supplie; je
suis bien aise que vous sachiez par vous-
même combien la domination Génoise se
consolide, et je désire que vous entendiez
le rapport qui va m'être fait. — Parle,

toi, et sois sincère ; car, tu me connais , je
ne souffre rien de douteux.

Jérôme obéit, et commença de raconter
dans le plus grand détail tout ce qui s'était
passé à Morosaglia , les résolutions qui
avaient été prises , les préparatifs qui s'en
étaient suivis ; il dit comment les insurgés
devaient s'être mis en route et de quels
points ils déboucheraient probablement ; il
dit aussi que Paoli devant se porter vers
la Balagne , ce serait sans doute Giafféri
qui conduirait l'attaque , et que si ce n'é-
tait Giafféri , Savério Catalanzi de Venzolasca serait à la tête des assaillants... Au
nom de Savério Catalanzi , l'officier Français ne put retenir un mouvement de
surprise.

— Ce Savério n'a-t-il pas un fils? dit-il.

— Un fils et une fille, répondit Jérôme ;
mais ils sont vingt du même nom et de la
même famille dans la vallée du Golo.

— Mais un d'eux ne voyageait-il pas tout à l'heure en Italie, à Bologne, à Venise?

— Celui dont vous parlez, dit l'espion, était le fils de Savério, mais il est revenu au pays.

— Revenu! cela n'est pas possible, ou les choses ont bien changé,

— Il est si positivement revenu qu'on l'a vu avec son père à Morosaglia, et qu'il doit commander les hommes de Pori, si le vieux Savério reste à la tête de ceux de Venzolasca.

— Revenu! reprit M. de Montry; s'il en est ainsi, je partirai sans délai; je veux le voir, et lui-même désire sans doute me retrouver promptement.

— Vous ferez bien alors de vous éloigner sur-le-champ, dit Jérôme, car voici la nuit qui tombe tout-à-fait; et demain, avant le lever du jour, Antisanti doit être attaqué.

— Et vous ferez prudemment d'éviter le
danger, ajouta Meldigozzo.

— Dis-moi, mon bon homme, reprit le
chevalier en s'adressant à l'envoyé, es-tu
Corse, toi qui parles si bien ?

— Je suis fils d'une Corse et d'un
étranger.

— J'aurais dû m'en douter, car il faut
avoir du sang étranger dans les veines pour
trahir si lâchement la cause de son pays.

— Monsieur, s'écria Meldigozzo, vous
abusez singulièrement...

—Et de quoi abusé-je, je vous prie ?
N'arme pas ta carabine, Jérôme ; mon épée
irait aussi vite que ta main ; fais-toi payer
puisque tu te vends, et ne m'approche jamais si je te rencontre. Tu sais ce que vaut
une balle, et moi j'apprends ce que vaut un
homme ; l'une et l'autre sont peu de chose.
Quant à vous, capitaine, nous ferons la
paix, si vous le trouvez bon. Dès l'instant

que l'on vous attaque, je ne puis plus
partir; et puisqu'il y a des coups de fusil
à recevoir, vous voudrez bien que je reste
pour les partager avec vous.

— Vous êtes donc serviteur de notre sérénissime république de Gênes?

— Je suis, comme j'ai eu l'honneur de
vous le dire, officier au service de sa ma-
jesté le roi de France, et c'est un droit
attaché à ce titre que celui de ne pas s'en
aller quand on se bat. J'aurai le plaisir
de vous retrouver ici demain avant le lever
du soleil. Bonne nuit, monsieur de Meldigozzo. Ah! j'oubliais : vous me ferez bien la
grâce de me prêter un fusil et quelques
cartouches? on ne pense jamais à tout apporter en voyage, et je vous assure que si
vous n'avez cette obligeance, je serai fort
au dépourvu.

Il s'éloigna en disant ces mots, et rentra
dans la maison où les Vincenti lui avaient

donné l'hospitalité. Le capitaine demeura
quelques instants préoccupé de ce qu'il
venait d'apprendre; puis il appela deux
officiers qui commandaient sous lui, et
donna en hâte les ordres qu'il crut
nécessaires. Quelques meurtrières furent
placées dans le mur des maisons; la route
qui descend à l'ouest d'Antisanti fut rompue et palissadée; des débris de roche
furent amassés sur la plate-forme et sur
les escaliers extérieurs des habitations les
plus élevées; les soldats furent avertis de
se tenir prêts; et bientôt un profond
silence régna tout autour de la montagne.

Jérôme était resté immobile à la place
où l'avait laissé le capitaine. Il suivait d'un
regard morne les mouvements du chevalier. Il le regarda rentrer : il vit la lumière
poindre à la fenêtre de sa chambre, briller
quelque temps et s'éteindre.

— Ah! dit-il alors : Lucien Catalanzi
m'aura fait perdre ma maîtresse, et Louis
Giafféri la ferme de Castifao, et je servirais
leur cause! Ah! ce Français m'appelle espion et il va dormir. Il y a pourtant là
quatre bonnes balles, ajouta-t-il en faisant
tourner sa bandoulière de manière à peser
son fusil avec la main, quatre balles de
calibre : nous verrons si je ne sais plus
m'en servir.

CHAPITRE V.

On prétend, en Corse, que le rocher d'Antisanti est le plus élevé de l'île. Quelques voyageurs revendiquent cette prééminence pour le sommet du mont Rotondo, qui se trouve en face et sur l'autre côté triangulaire d'une branche des montagnes du

centre. Quoi qu'il en soit, et en laissant aux
observations barométriques leur précision
rigoureuse, Antisanti est situé à une si
grande hauteur, que de son rocher l'on
découvre au midi la plaine d'Aléria et le
cours du Tavignano, au nord la vallée qui
s'étend dans la direction de Serraggio, à
l'est les plages et la mer, à l'ouest une suite
de monts escarpées et de collines couvertes
de bois. Pour y arriver, il faut, durant plusieurs heures, gravir des pentes ombragées,
se glisser à travers des chemins où se perd
la trace des pas, redescendre à tous moments dans de profonds ravins, passer à
gué des torrents, remonter de nouveau
par des sentiers qui s'élèvent sans cesse ; et
quand enfin l'on arrive, on aperçoit devant
soi, surtout du côté du midi, un rocher
presque à pic que surmontent un hameau
pauvre et une petite église. Deux rampes,
dont l'une est très rapide, y donnent accès,

toutes deux grossièrement formées de gra-
nits arrachés du sol ; une espèce de maison
crénelée le domine : c'est la demeure des
Vincenti. De la fenêtre ou de l'escalier de
cette maison, l'on ne peut, en jetant les
yeux autour de soi, concevoir qu'il soit
possible d'y tenter une attaque sérieuse,
tant l'assaut paraît impraticable. Quelques
pierres roulantes, quelques arbres poussés
avec force, semblent devoir suffire pour
écraser tout ce qui se présenterait d'ennemis ; et les soldats placés sur cette plate-
forme doivent si facilement choisir leur
but et diriger leurs coups, qu'aucun agres-
seur ne pourrait leur opposer la moindre
résistance.

Le procurateur Rivarola, qui connaissait bien cette position, avait eu soin d'y
placer un poste assez considérable, afin
de dominer les collines qui conduisent
à la grande forêt de Bocognano, et de

maintenir les communications entre le chemin de Vivario et la garnison d'Aléria. Meldigozzo, averti par les révélations de Jérôme, avait de son côté redoublé les précautions et les ordres de tout genre. Tout dur et grossier qu'il se montrât, il était bon soldat, homme de service et d'expérience. Aussi, bien avant le lever de l'aurore, avait-il déjà fait le tour de sa petite forteresse, afin d'inspecter tout par lui-même. En arrivant sur la plate-forme, il rencontra le chevalier de Montry, aussi élégant, aussi soigné qu'il l'avait vu la veille, vêtu et coiffé avec recherche, et s'appuyant, avec tout le sang-froid du monde, sur un fusil de munition dont il s'était pourvu.

— Pardieu! monsieur de Meldigozzo, dit le chevalier en voyant arriver le capitaine, vos soldats sont de grands maladroits, depuis le temps qu'il servent en cette île, de n'avoir pas substitué les fusils

à deux coups à ces lourdes armes que
voilà.

— Ces lourdes armes sont justes et portent assez bien.

— A la bonne heure ; mais quand il faut
se mesurer avec des gens qui vous envoient
deux coups l'un sur l'autre, il est dur de
n'en avoir qu'un à leur service. Croyez-
vous que cet honnête métis avec qui j'eus
le bien de causer hier devant vous, se con-
tentât d'un fusil de munition pour tirer
sur vous ou sur moi? Ce que je vous en
dis, au reste, n'est que pour vous donner
une fois une bonne idée ; car il n'y a plus
d'observations à faire quand le feu commence ; et, tenez, voilà le ciel qui s'éclaire;
nous n'attendrons pas long-temps, je
m'imagine.

L'horizon, en effet, commençait à
blanchir. Quelques petits nuages, bruns
d'abord, puis rosés au bord, traversaient

I.   8

l'air comme les avant-coureurs de l'aurore
prête à paraître; une légère bise qui s'éle-
vait avec le jour se jouait au travers du ciel;
la cime des arbres s'émouvait, et répondait par un doux frémissement à cet appel
du matin; les vapeurs, endormies autour
des forêts, se soulevèrent, prirent du mouvement, montèrent d'abord comme pour
chercher le vent qui devait les conduire,
et redescendirent ensuite en se déroulant
sur les collines. Le soleil n'avait pas encore
fait jaillir ses rayons au-dessus des eaux ;
mais déjà les flots s'agitaient, la lumière et
le mouvement les animaient ensemble.
Le cours du Tavignano s'éclairait au travers
des mackis. Une sorte de soulèvement su-
bit se fit sentir : c'était le soleil qui prenait
possession de l'horizon, la mer qui se couvrait de feux, la verdure qui s'échauffait,
la terre qui renaissait une fois encore.
Mille oiseaux saluèrent le réveil du jour;

mille frémissements du feuillage accueillirent ce nouveau mouvement de la vie.
Le chevalier admirait ce grand spectacle,
auquel il n'était guère habitué peut-être.
Meldigozzo était assis près de lui sur une
pierre. Un sifflement se fit entendre, un
éclat du rocher sauta : une balle venait de
passer contre la tête de M. de Montry.

— Admirez donc le lever de l'aurore,
dit-il en riant, pour que l'on s'associe de
la sorte à votre enthousiasme ! Voyez-vous,
monsieur de Meldigozzo, j'avais bien raison
tout à l'heure, jamais un fusil de munition
n'eût porté si loin.

Un commandement bref et prompt appela la petite garnison sur ce point, et bientôt on vit, entre les derniers arbres, paraître le bonnet de cuir et briller le fusil
des insurgés. Ils paraissaient divisés en
deux corps peu considérables. Un homme
d'un âge mûr conduisait l'un, et se dirigea

vers le rocher; un vieillard et un jeune
homme presque enfant, marchaient à la
tête de l'autre. Ils longèrent la lisière du
bois, sans paraître s'inquiéter du feu que
les Allemands dirigeaient sur eux, et se
portèrent vers la pente la moins rapide,
du côté de l'ouest. La fusillade s'engagea
de toutes parts, et pendant quelque temps
on fut enveloppé dans un nuage de fumée.
Un vent du nord qui s'éleva dégagea la montagne; et les Corses aperçurent tout ce
que l'infériorité de leur position leur avait
déjà fait perdre de monde. Ils reculèrent.
Meldigozzo crut qu'ils effectuaient leur retraite. Mais tout d'un coup, et par un élan
soudain, cette petite troupe s'élança tout
entière, franchit la pente, moins en grim-
pant qu'en courant, et se jeta au pied du
rocher. Les Allemands, surpris un moment, mais conservant leur avantage,
n'eurent qu'à baisser le canon de leurs fu-

sils pour choisir ceux à qui ils donnaient
la mort. Tout ce qui était frappé tombait
et roulait de roc en roc; tout ce qui con-
servait de la force s'attachait aux moindres
aspérités, s'appuyait dans les crevasses,
s'élançait à l'appui des plus faibles bran-
ches, le fusil en bandoulière, le stylet dans
les dents, les mains en sang et les yeux
pleins d'ardeur. Ils montaient, tombaient,
remontaient, poussaient des cris pour ef-
frayer leurs adversaires, indifférents aux
blessures, méprisant le danger, précipités
sans cesse, sans cesse renouvelant leur attaque. Les Allemands avaient à peine le
temps de recharger assez vite leurs armes,
et déjà une grande partie de la hauteur
était franchie. Meldigozzo se multipliait au
milieu d'eux. Il aperçut M. de Montry, debout, son fusil désarmé.

— Vous ne tirez donc pas? s'écria-t-il
d'une voix entrecoupée par la colère.

— Je n'ai que trop tiré et trop sûrement
donné la mort, mais je ne saurais frapper
qui ne peut se défendre; qu'il vienne un
ennemi à la pointe de mon épée....

— En voici un, répondit une voix sonore.

C'était Paul Trémadino, qui, soutenu
par ses camarades, s'élançait le premier
sur la plate-forme. Ah! tu n'as point
d'armes? dit il en regardant la petite épée
du chevalier.

— Viens seulement la prendre, dit celui-ci.

Paul jeta sa carabine, ramassa le sabre
d'un Allemand mort, et fondit sur l'officier
français. M. de Montry rompit quelques pas,
puis il se dégagea adroitement, et porta un
coup droit à la poitrine du jeune homme.
L'épée glissa et s'embarrassa dans les tresses
de la veste. Paul leva son sabre, le chevalier fit une feinte, retira son épée, et para
l'atteinte mortelle qui lui était destinée;

mais le sabre et l'épée volèrent à la fois,
l'une brisée, l'autre arraché par la violence
du choc. Le Français saisit son pistolet, le
Corse son poignard; ils s'élancèrent l'un
sur l'autre, se saisirent, se serrèrent, tour-
nèrent sur eux-mêmes. Paul glissa, et tomba
le genou en terre; mais tenant encore
avec force le bras droit de son adversaire
qui ne pouvait faire usage de son pistolet.
Le chevalier, donnant une secousse vigoureuse à Paul, s'efforça de reprendre la liberté de ses actions; mais le Corse, enga-
geant sa jambe entre celles du Français,
le fit chanceler à son tour et tomber sur
une pointe de rocher. Cette chute sépa-
rait les deux ennemis. L'un reculait le
bras en arrière afin de lancer son stylet
avec plus de force; l'autre, se soulevant sur
sa main gauche, ajustait son arme dont
l'atteinte devait être sûre. Une balle, lancée
d'une fenêtre peu éloignée, brisa le pisto-

let dans la main du chevalier, le blessa lé-
gèrement à l'épaule, et le fit retomber à
terre si à propos, que le stylet lancé passa
droit à la hauteur de sa poitrine, et s'en-
fonça dans le roc derrière sa tête. — Trahison! s'écria-t-il en sentant le coup de
feu; c'est l'espion qui m'a frappé de cette
maison en face.

— Trahison! dit Paul : Qui dit trahison
quand je combats?

Il n'avait pas achevé, que les Allemands
l'avaient entouré et l'entraînaient, désarmé,
vers l'église. Le chevalier se releva. Près de
lui, devant lui, des morts et des blessés,
des cris et du sang, Cependant, les soldats
de Gênes avaient l'avantage. Les insurgés
ne cédaient pas, eux, mais ils mou-
raient. Le roc était couvert de cadavres,
les arbustes rougis, les pierres couvertes de débris, les armes brisées çà et
là Meldiggozzo reparut, l'épée à la main,

tout noirci de poudre, conduisant quelques fusiliers, débris vainqueurs de ce qu'il avait eu sous ses ordres. La petite garnison était détruite, mais le combat semblait terminé; la victoire restait du côté des Génois. Tout d'un coup des cris se font entendre, le feu redevient plus vif; il approche : des Allemands arrivent, poursuivis, fuyards, en désordre; les décharges se succèdent, et chacune d'elles fait tomber ce qui restait de soldats. C'était Savério Catalanzi, c'était l'enfant qui combattait avec lui, débordant enfin par la rampe de l'Est, arrivant sous les balles, tirant en marchant, renversant tout sur leur passage. En un moment la plate-forme fut occupée par eux : la résistance n'était plus possible. Meldigozzo et quelques hommes se précipitèrent au travers des bois, plutôt que de se laisser prendre. Le chevalier blessé fut saisi par le jeune commandant de Venzolasca.

— Hélas ! dit-il, je n'ai plus même d'épée à vous rendre.

— Votre parole vaut une épée : vous rendez-vous ?

— Non... Mais, c'est Lucien ! s'écria-t-il.

— Oui, Lucien, Lucien Catalanzi.

— Je me rends à toi, Lucien.

— J'accepte votre parole. Entrez dans cette maison. Et vous, compagnons, à l'église, où peut-être on combat encore.

— Non, l'on ne combat plus, dit Savério, revenant le fusil à la main; la Vierge sainte nous a protégés, et nous sommes vainqueurs. Où est Giafféri ?

— Il poursuit les fuyards.

— Et qu'est devenu Paul Trémadino ? l'a-t-on vu ?

— Il n'est point parmi les morts, dit un homme de Cervione.

— Il n'était pas avec Giafféri non plus.

Un jour de combat! Ah! Paul, que dira ta
vieille mère?

Puis, se tournant vers ses compagnons : Pierre Suzzoni, prends le commandement de tout ce qui est ici, fais réparer les maisons et veiller sur les abords;
qu'on soigne les prisonniers et que l'on ait
de la viande pour eux ; pour nous, du pain
de son, des armes et la victoire. Adieu,
Pierre ; toi et les tiens, vous serez dignes de
votre nom.

Il redescendit alors avec quelques uns
de ses gens, ceux des blessés qui pouvaient marcher, et le chevalier de Montry
pour qui l'on avait trouvé un cheval. Derrière eux, on portait le guidon de la compa-
gnie de Meldigozzo et une cinquantaine de
fusils ramassés en haut ; et la petite troupe
gardait une sorte de silence solennel ou
farouche, assez singulier après la victoire.
Cependant, quand ils arrivèrent sous les

premiers arbres, le jeune commandant s'approcha plus près de Savério, et d'une voix basse :

— Les hommes de Venzolasca seront-ils contents de Lucien ? Le vieillard lui serra la main sans répondre. — Et vous, êtes-vous content, père ?

Savério ne répondit pas davantage, mais ses traits se contractèrent ; il fit le signe de la croix, et une grosse larme tomba de ses yeux.

CHAPITRE VI.

Tous les jours ne sont pas des jours de
fête et de bataille, et, dans des situations
différentes, Paul Trémadino et le chevalier de Montry l'éprouvaient également.
L'un entraîné par quelques Allemands qui
l'avaient forcé de fuir avec eux, gémissait
dans les prisons de Bastia, où, par bon-

heur pour lui, Rivarola l'oubliait. L'autre,
conduit à Venzolasca par les Catalanzi, n'y
avait trouvé qu'une captivité modérée par
de bons traitements. Mais la captivité, si
douce qu'on s'efforce de la rendre, n'en est
pas moins insupportable. Des plaisirs variés, des distractions nombreuses ne se-
raient pas de trop pour la faire prendre en
patience ; et malheureusement il ne se trouvait à Venzolasca que peu de distractions
et point de plaisirs. Dans les bourgs de la
Corse, la vie est uniforme et les habitudes sérieuses. La plupart des habitants
surveillent l'exploitation de leurs terres
ou les échanges de leur modique com-
merce : ils vivent avec leurs ouvriers ou
leurs colons, sortent au lever du jour,
se couchent avec le soleil, ne connaissent
de point de réunion que la place de l'é-
glise, n'ont de curiosité que pour les
nouvelles qui touchent à leur pays. De

livres, d'objets d'art, de musique ou de
peinture, il n'en faut point chercher parmi
eux. Il restait donc bien peu de ressources
au pauvre chevalier de Montry parmi les
loisirs convalescents de cette solitude. S'occuper de sa jeune gardienne, essayer de lui
faire partager quelques sentiments autres
que ceux de la haine, rien n'eût été si naturel. Claire méritait tous les amours, et le
chevalier n'avait besoin ni de la captivité, ni
de la solitude, pour concevoir le désir de lui
plaire. Mais une gêne secrète ne laissait pas
tout-à-fait, ce semble, à M. de Montry la liberté de se livrer à de si doux mouvements.
Une découverte qu'il avait cru faire le mettait dans la situation la plus étrange du
monde. Il se sentait dans la dépendance de
Claire; et quoique jamais Claire ne lui té-
moignât que de l'obligeance et de la bonté,
quoiqu'elle eût pansé sa blessure qui s'en
allait guérir, il ne s'en trouvait pas moins

dans un embarras si grand qu'il ne savait
comment en sortir. Claire était bonne, na-
turelle, charmante : partout ailleurs, M. de
Montry en eût été éperdument épris; mais
à Venzolasca, et dans leur position respec-
tive, il trouvait ridicule d'en devenir amoureux; Claire pourtant lui plaisait bien fort,
il ne voyait aucun prétendu près d'elle, il
n'entendait parler d'aucun engagement pris.
Il se débattit quinze jours entre ses pensées
et son embarras, la tentation et la retenue;
mais quinze jours sont bien longs, la vue du
Golo bien uniforme, la mer bien pareille :
au bout de quinze jours, le chevalier n'avait
plus guère de résolution au service de sa
fierté. Que voulez-vous que fasse, en effet,
un Français jeune, et quelque peu étourdi,
dans une petite maison d'une petite ville, auprès d'une fille charmante, et quand il ne
voit qu'elle? Un ange, s'il était Français, agi-
rait peut-être autrement que ne fit notre

chevalier; celui-ci prit son grand courage, et
résolut une fois de se laisser aller aux événements, pour voir ce qui adviendrait de
Claire et de lui. Or donc, par un beau soir
de printemps, tous les détails de ménage
et de culture étant terminés, Claire rentrait, suivie de quelques femmes et de
quelques paysans attachés à la maison.
M. de Montry était négligemment assis
sur un banc de granit, à quelques pas
de la porte : il se leva et vint au devant
d'elle ; Claire lui rendit sa révérence avec
un gracieux sourire, et s'approchant à
son tour :

— Comment vous trouvez-vous ce soir,
seigneur Français? dit-elle; votre blessure
est-elle entièrement fermée? Je dois vous
prier de me pardonner si, depuis deux
jours, je n'ai pas présidé aux soins que
l'on vous donne; mais l'approche des fêtes
de Pâques exige bien des préparatifs qu'il
faut surveiller soi-même.

—Ainsi la guerre n'ôte rien à la solennité de ces fêtes?

—Elle ôte, sans doute, à leur pompe
extérieure ; mais, loin de diminuer le sentiment qui nous rapproche du Dieu à qui
nous devons tout, elle nous fait sentir plus
vivement encore le besoin de prier pour
ceux qui vivent et pour ceux qui succom-
bent. D'ailleurs, nous sommes de pauvres
gens qui n'avons que de pauvres églises :
vous ne trouveriez pas dans l'île un monu-
ment digne de votre curiosité, un édifice qui
vous rappelât les magnificences de l'Italie.
Ici, les hommes travaillent pour faire vivre
leur famille, les femmes élèvent leurs enfants, les hommes et les femmes prient
pour ce qu'ils aiment et pour ce qu'ils
défendent. Notre peuple est un petit peuple, mais ce n'est pas un peuple comme un
autre.

—C'est assurément un peuple vaillant et
brave, et digne d'un meilleur sort. Vous

savez quel hasard, quelle nécessité plutôt, me l'a fait combattre.

— Nous ne demandons jamais compte aux autres de leurs sentiments. Entre nous, nous comptons de nos actions. Quant aux pensées, elles n'appartiennent qu'au cœur et à Dieu.

— Mais je vous ai dit déjà que j'allais partir et quitter Antisanti quand la nouvelle de l'assaut projeté arriva, que je restai parce qu'il y avait des coups de fusil à gagner, et que, sans ce misérable espion qui pensa me tuer en trahison et de loin, je ne me serais pas rendu, même à vous.

— Même à Lucien, voulez-vous dire?

— A votre frère Lucien? Cela est-il certain, et ne me laissez-vous pas du moins la permission d'en douter?

— Je vous quitte la place, si nous devons recommencer encore une discussion à ce sujet.

— Restez, je vous en prie; mais je vous

prie aussi, permettez-moi une explication.

Claire fit un petit signe d'impatience,
puis, toutefois, elle demeura assise sur le
rocher. M. de Montry voyait bien que la
conversation serait difficile. Les manières
naturelles et graves de la jeune fille l'em-
barrassaient. Il y a de certaines façons de se
défendre, une certaine lutte de pensées et
de phrases, une certaine prévoyance de
l'attaque, à la faveur desquelles on peut
attaquer en effet; mais la jeune Corse ne
donnait point de prise. Elle semblait beaucoup plus touchée de la beauté du soir et
des riches couleurs de l'horizon, que des
projets de M. de Montry; et sa politesse
toute bienveillante la mettait, pour ainsi
dire, hors d'atteinte. Le chevalier se serait
volontiers gratté le front pour trouver un
meilleur moyen d'entrer en matière. Toutefois, celui-là seul s'offrait, et il reprit :

—J'ai bien cru me rendre à Lucien lorsque j'ai été fait prisonnier; mais, puisqu'il

faut tout vous dire, ces yeux charmants, cette élégance de formes, cette douce voix, ne pouvaient me tromper long-temps.

— Voulez-vous dire que vous n'avez pas été loyalement fait prisonnier?

— Assurément non : ce que je veux dire, c'est que ma soumission est aujourd'hui volontaire, c'est que je suis enchaîné ici par un lien plus fort que les chances du combat.

— Plus fort que votre parole? Je ne croyais pas que rien fût au-dessus.

— Aussi ne cherché-je pas à la reprendre, et resterai-je prisonnier tant que vous le voudrez. Mais, pensez-vous, Claire, qu'il soit possible, même à un prisonnier, de vous voir si long-temps sans vous trouver charmante? Pensez-vous que ces jours écoulés près de vous soient sans danger?

— Voilà, dit en souriant la jeune fille, un moyen très ingénieux de réclamer votre liberté.

— Hélas ! ce n'est pas ma liberté que je demande : qu'en ferais-je, grand Dieu ! loin de
vous ! emportant votre image ! vous regret-
tant sans cesse, et ne pouvant vivre sans
vous !

Claire fixa sur le chevalier un long regard de ses grands yeux, puis elle lui dit
assez doucement :

— On ne saurait avoir moins de ressentiment que vous n'en montrez; c'est tirer
parti de la mauvaise fortune.

— Du ressentiment? Ah! ce n'est pas du
ressentiment que je pourrais avoir contre
vous, qui m'avez presque sauvé après m'a-
voir vaincu.

— Vous voulez donc dire contre Lucién,
chevalier?

— Contre mon vainqueur, quel qu'il soit,
en un mot. Mais ce que j'éprouve, ce que
vous m'avez mis dans le cœur de tendresse,
d'ardeur, de passion, c'est à vous et à vous
seule que cela s'adresse; c'est vous, et vous

seule qui pouvez aujourd'hui disposer de
ma destinée. Ne voulez-vous donc pas le
comprendre, Claire?

— Non, je ne le comprends pas, monsieur, et je vais vous en dire la raison. Une
autre vous parlerait peut-être des soins
que vous avez trouvés dans cette modeste
demeure, de l'amitié avec laquelle on vous
a reçu, quoique ennemi...

— Ah! je ne suis pas votre ennemi!

— Quoique prisonnier, et cela parce que
vous étiez sous la sauvegarde de Lucien. Mais
ce serait se mettre à soi-même la rougeur au
front, que de gâter ainsi le peu qu'on a pu
faire. Vous êtes gentilhomme et placez
l'honneur avant tout. Eh bien! écoutez.
Nous avons notre honneur aussi; et parmi
nous, il est inflexible et sans pardon. Le
vôtre vit au milieu des combats : le nôtre,
au sein de la famille. Dans notre pays, la
femme qui manque à ses devoirs, et elle
n'y manque presque jamais, est abandon-

née à la justice arbitraire de son époux et
de ses parents. La jeune fille qui ferait une
faute serait chassée de la maison paternelle,
sans espoir d'y rentrer, sans que ses compa-
gnes vinssent à son aide, sans même que le
séducteur pût lui rendre, par un mariage, ce
qu'il lui aurait enlevé par un crime. J'ai vu,
l'autre année, une fille de la montagne dans
cette position affreuse : aucune des femmes
du canton ne voulut lui tresser de fleurs
pour la parer au jour de l'hymen; aucun
de nos jeunes gens, courir à cheval devant
elle; aucun homme tirer des coups de fusil à l'entrée du village; et quand elle fut
au moment de mettre le pied dans sa nouvelle demeure, son père, la jetant rude-
ment aux mains de son époux, dit : —
Prenez cette femme, elle est à vous, faites-
en à votre volonté, car elle n'est plus rien
pour moi ni les miens, et n'a plus ni appui ni protection à attendre. Vous dirai-
je plus, monsieur? qu'au sortir de l'église,

un dimanche, et devant les habitants ou le prêtre, un jeune homme arrache la coiffure d'une jeune fille, n'eût-il eu d'elle ni faveur ni tendresse, par ce seul acte, elle est déshonorée...

— Déshonorée! Et la mort ne punit pas l'audacieux?

— La mort le punit pour peu qu'il ait été sans motifs d'agir de la sorte; mais la plus simple promesse donnée, la plus légère faveur ou le moindre engagement suffiraient à l'excuser; et pour lors, à moins que sa famille tout entière ne prenne parti pour elle, et elle ne le fait guère, à moins que son père ne l'absolve hautement, et il ne l'absout pas, c'est la jeune fille qui reste sous le coup de la faute et du déshonneur. Dites maintenant, dites, vous qui êtes gentilhomme, voulez-vous encore me parler d'amour?

Le Français se leva vivement; puis, avec une noblesse élégante, il mit un genou en terre, et tendant la main vers la jeune fille :

— Non, dit-il, non, je ne vous en parlerai plus ; pardonnez-moi, Claire, et croyez que je sens tout ce que je vous dois.

En ce moment, Savério parut sur la porte de son habitation. Voir le chevalier à genoux, pousser un cri, armer sa carabine et coucher en joue le jeune homme, fut à peine l'affaire d'une minute. Claire releva doucement le canon prêt à donner la mort.

— Rassurez-vous, mon père, dit-elle, vous pouvez l'écouter. Ni vous, ni moi, n'avons rien à craindre.

— Ah! Claire! Claire! qu'aurait dit celle qui nous attend là-haut, si elle eût vu, de ton consentement, un homme à tes pieds!

— Je vous le répète, et sans doute et sans crainte, vous pouviez entendre tout ce qu'il me disait, tout ce que j'ai répondu.

— Savério, dit en se relevant le chevalier, votre fille est et sera pour moi l'objet du

respect le plus constant et de la reconnaissance la plus vive : croyez à mes paroles,
croyez surtout aux siennes.

—Vous dites bien ! s'écria Claire; qui dé-
guise la vérité n'est plus digne de l'entendre
ni de la dire. Qui manquerait à son père,
mériterait de ne jamais avoir d'enfants.

—Heureusement, nul autre que moi ne
t'a vue, dit Savério, et moi je puis te croire.

Il désarma lentement sa carabine en suivant d'un regard pénétrant et soucieux les
moindres mouvements de M. de Montry.
Deux ou trois fois il passa, comme avec
une émotion secrète, sa main sur son front
et sur ses yeux. Puis, enfin, il fit signe à sa
fille, la rapprocha doucement de son sein,
l'y serra deux fois et lui donna un baiser où
la confiance était unie à la tendresse. Claire
le reçut avec une affection pleine d'inno-
cence, avec un regard candide et reconnaissant à la fois. Elle s'apprêtait à prendre
la carabine des mains de son père : Savério

la prévint et lui tendit lui-même l'arme
pour la déposer à côté des fusils de chasse
et des cartouchières de combat. Les femmes de service entrèrent alors, apportant
une petite table où le souper était préparé
d'avance ; trois siéges de bois furent placés
à l'entour, et Savério, sa fille et le chevalier
s'assirent à l'ombre d'un buisson de myrtes
et de genêts odorants. La soirée était pure,
le ciel serein, la plaine mollement éclairée
par les derniers rayons du soleil, dont le
globe de feu sortant des flancs d'un nuage
noirâtre se baignait déjà dans les ondes.
C'était un de ces beaux soirs de printemps où la nature semble avoir besoin
de s'épancher vers celui qui l'anime, où
le cœur éprouve le même besoin et cherche à s'épancher comme elle.

CHAPITRE VII.

— Vous voulez, dit le chevalier, savoir quelle raison m'avait conduit en Corse; mais vous ne prévoyez pas qu'en vous faisant aujourd'hui un aveu que, jusqu'à ce jour, je vous aurais probablement refusé, vous me mettrez dans la nécessité

I.   10

de revenir sur un point singulier, et le
seul sur lequel vous ne répondiez franchement ni l'un ni l'autre; je veux parler de
Lucien; et, pour vous expliquer tout de
suite comment j'aurai à vous entretenir de
lui, apprenez que je viens de Venise, que
je l'y ai laissé, et que je croyais savoir, il y a
quinze jours, au moment de l'attaque d'Antisanti, qu'il ne pouvait guère être revenu
parmi vous. Quoi qu'il en soit, je vais vous
satisfaire. Je suis né en France, petit-neveu
du maréchal de Villars, aide de camp du
comte de Boissieux, lieutenant-général des
armées du roi; je suis major de cavalerie,
et j'ai la promesse d'avoir un régiment à
mon retour. J'étais à Paris, assez tranquille,
vivant en assez bons lieux, rêvant cependant quelquefois que je pourrais bien faire
autre chose que veiller aux remontes d'un
régiment ou aller faire ma cour à Versailles,
lorsque les grandes agitations de l'Europe

m'ont tiré de cette oisiveté dorée. Je vous supplie, ma belle Claire, de contenir, par charité pour moi, le sourire quelque peu railleur qui se joue sur votre jolie bouche, quand je dis qu'il peut y avoir eu quelque chose de commun entre les agitations de l'Europe et mon humble destinée. Vous allez voir que je ne dis que la vérité. Savério peut savoir qu'une guerre, suite renouvelée de la succession d'Espagne et des élections de Pologne, s'était rallumée il y a trois ans.

— Je l'ai su vaguement, dit Savério.

— Eh bien, reprit M. de Montry, cette guerre s'était à peu près terminée au mois de novembre dernier, par les préliminaires signés à Vienne. Mais avant même que ces préliminaires fussent signés, avant que l'on eût échangé les ratifications, M. le cardinal de Fleury, notre ministre suprême, et M. de Chauvelin, secrétaire d'État des affaires

étrangères, crurent qu'il était sage de s'assurer de l'état de l'Italie. Ce n'est pas en
vain que, trois fois depuis vingt années, on
y change les souverains, et l'obéissance, et
les droits, et la fidélité des peuples. Don
Carlos mis sur le trône de Naples ; la maison de Médicis dépouillée avant ses derniers
jours de son élégante Toscane ; le roi de Si-
cile devenu roi de Sardaigne; des Espagnols remplacés par des Impériaux, et des
Impériaux par des Espagnols, eussent mérité peut-être un observateur plus habile.
D'un autre côté, le soulèvement de votre
île avait eu du retentissement en Europe: plus d'une puissance qui, en apparence, demeurait indifférente à ce qui se
passait ici, vous suivait des yeux ou laissait, au besoin, dériver quelques bâtiments
sur vos côtes. M. le cardinal de Fleury et
M. de Chauvelin, ayant eu de bons avis que
la puissance de la république de Gênes était

en péril malgré ses victoires, que la politique du sénat était fort vacillante et pourrait bien se détacher de la France, et que le
crédit du cabinet de Versailles pourrait bien
aussi, par ou malgré les préliminaires de
Vienne, se trouver moins assuré qu'il ne de-
vrait l'être, jetèrent les yeux sur moi pour
aller faire une reconnaissance de cette partie
de la péninsule, et pour chercher un peu
à démêler la situation véritable de cette île
de Corse si peu connue, et qui tout d'un
coup avait pris tant de place (1). On m'ac-
crédita secrètement auprès des agents français et je partis. Ce qu'est aujourd'hui la
Lombardie abandonnée à l'Autriche, ce
qu'est le Piémont sous le douteux Charles-
Emmanuel, ce que seront Plaisance et
Parme provisoirement rendus à l'Empire,
ou la Toscane promise au duc de Lorraine

(1) Il y eut en effet un agent envoyé en Corse, où il demeura quelques mois.

après Jean Gaston de Médicis, vous n'avez pas d'intérêt direct à le savoir, et j'ai moi-même eu quelque peine à me rendre compte d'une situation si nouvelle, d'une telle variation de principautés, d'équilibre, de prépondérance. Après un assez long séjour dans quelques villes de la Haute-Italie, je me trouvais à Ferrare. Un homme bien plus jeune, car on l'aurait appelé enfant sans la mâle expression de sa figure, s'était embarqué comme moi à Ponte de Lago Oscuro, et fit avec moi le trajet jusques à Venise. Nous logeâmes, en arrivant, dans la même hôtellerie. Bientôt, et au travers de ses préoccupations, il se laissa toucher de la beauté d'une fille Vénitienne que j'avais peut-être remarquée avant lui. Lequel de nous était aimé, je l'ignore ; mais il ne voulut souffrir ni l'incertitude ni la concurrence, et il m'appela en duel.

— C'était mon fils ! interrompit Savério.

— Pauvre Lucien ! dit Claire.

— Nous allâmes derrière l'église de Saint-Jean et Paul : des sbires nous forcèrent à nous séparer. Le lendemain, nous étions au Lido : même empêchement. Une troisième assignation fut donnée à Murano, et le bargel s'y trouva encore avant nous. On se fût irrité à moins, vous l'avouerez. Cependant, plus que Lucien mille fois, j'avais sujet d'en vouloir à une police si cruellement attentive; car, chaque soir, dans mon désappointement, j'allais au casin des nobles : j'y passais la nuit à me venger au jeu de ce que m'avait refusé le sort des armes, et je dois avouer que je perdais presque constamment. Enfin, nous avions remis notre duel à la semaine suivante, dans l'espoir que ce délai endormirait la surveillance. La veille du jour fixé, je me rendais au casin, comme de coutume, et portais une bourse assez remplie d'or. Je monte, je m'assieds à une table de jeu, je veux prendre ma bourse : on me l'avait volée. Fort à tort, sans doute, je ne fus point maître de mon dépit, et m'écriai, en quittant la table où je n'avais pas le moyen de rester : — Par la barbe du doge! le sérénissime gouvernement de Saint-Marc ferait mieux de moins s'occuper de nos pensées, et de s'occuper un peu plus de nos bourses. —Quelques uns des assistants me plaignirent, quelques autres se moquèrent de moi ; moi, je me consolai en songeant à la rencontre qui m'attendait à l'île de Saint-Georges : c'est là qu'était mon rendez-vous avec Lucien, et je dormis assez paisiblement. Le lendemain, je trouvai Venise plus belle, Saint-Marc plus magnifique, le palais ducal plus majestueux. Comme je me promenais au Broglio, en attendant l'heure convenue, une gondole jaune, oh! la funeste gondole! une gondole jaune s'ar-

rête à la Piazzetta, un inconnu en descend,
s'approche de moi, me prie de le suivre,
et fait conduire la barque hors des îles. Je
m'écriai que j'avais une raison pressante
de descendre à Saint-Georges : on ne m'é-
couta pas; je m'emportai : l'on garda le silence. Quatre hommes, vêtus de noir et
masqués, accompagnaient mon conduc-
teur, aussi muet qu'eux, et aussi noir que
leurs masques. Enfin, quand nous fûmes
en pleine mer, le chef de mon escorte prit
la parole : — Monsieur, me dit-il, vous êtes
M. le chevalier de Montry?—Oui, monsieur.
—Major au service de France?—Oui, monsieur.— Vous avez perdu, quatre nuits de
suite, au casin des nobles, et vous avez dû
vous battre trois fois?—Quatre, monsieur.
— Cela est vrai : je vous demande bien humblement pardon d'avoir oublié votre promenade de ce soir à l'île de Saint-Georges. — Je
vous le pardonne assurément, mais non de

bon cœur, car je voudrais que le diable...
— Je n'en doute point et vous en remercie.
Vous avez été volé hier sur l'escalier des pro-
curaties. — J'ai été volé. — Votre bourse n'é-
tait-elle pas de soie verte avec des glands en
parfilages d'or? — Comme vous dites. — Et
ne contenait-elle pas cent quatre-vingts sequins en or et six piastres à colonne? — Cent
quatre-vingts sequins et six piastres. Mais,
de par saint Théodore! vous êtes mon voleur, ou vous vous jouez de moi! Qui êtes-
vous? Que me voulez-vous? Il faut me répondre et m'en répondre. — Calmez-vous,
monsieur le chevalier : la colère est inutile,
et rien n'est moins à propos qu'une colère
inutile. Je suis lieutenant de l'inquisition
d'État, j'ai mes hommes avec moi, vous êtes
au milieu des flots et vous êtes seul : écoutez-
moi donc, s'il vous plaît. Reconnaîtriez-vous
bien vos ducats? — Peut-être. — Et votre
bourse? — Certainement. — Nous allons

voir. En disant ces mots, mon bargel pousse
du pied un manteau qui recouvrait à terre
quelque objet inanimé. Un homme était
couché dessous, une bourse dans la main
droite, un poignard dans le sein. Le bargel
prend la bourse : — Est-ce la vôtre? me
dit-il. — Oui, je la reconnais. — Comptez
les ducats et les piastres. — Un de ses
hommes les compta : la somme entière y
était. — Voilà, continua-t-il, ce qu'on vous
a volé ; et, montrant le mort étendu à ses
pieds, voilà le voleur puni. — Ah ! m'écriai-
je, j'avais tort hier, et je rendrai partout
hommage à la vigilance de votre gouvernement. — Monsieur le chevalier, reprit-il du
ton le plus froid, la République n'a besoin
ni de vos éloges, ni de vos censures : elle
vous enjoint de sortir de son territoire, et
veut bien oublier vos duels, par respect
pour le roi votre maître. Ramez, matelots,
et touchons à Mestre... Mes gens et ma voi-

ture y étaient déjà. Je descends, le bargel
s'incline, et, avec une profonde révérence :
La femme pour qui vous vouliez vous battre
vous trompait tous deux, dit-il ; puis il s'é-
loigne. Je gagnai Padoue, ensuite Gênes. A
Gênes, on m'assura que votre frère venait
d'envoyer, de Venise où il était encore, une
lettre pour Livourne. Je me rendis à Livourne. M. de Berthellet, notre consul,
s'assura, sur ma demande, que Lucien ne
devait pas y arriver de quelques jours ; je
vins à Bastia, et de Bastia, d'après les conseils d'un honnête M. d'Angelo, qui, par
parenthèse, croit être un peu votre parent,
voyant qu'il fallait attendre, et songeant à
ce que j'avais à faire, je commençai mon
voyage par Orezza et Antisanti. Maintenant,
dites-moi à votre tour, et si vous me croyez
digne de votre sincérité, est-ce Lucien que
j'ai enfin rencontré ; est-ce à Lucien que je
me suis rendu? Et, si ce n'est pas lui, que

pourrai-je lui dire quand je le retrouverai?
car vous voyez bien qu'il faut que je le retrouve

Claire posa en rougissant sa tête sur
l'épaule de son père. Savério réprima un
léger sourire qui avait erré sur ses lèvres,
puis, en jouant avec le manche d'ivoire
de son stylet :

— Puisque vous avez été sincère, nous
devons, comme vous le pensez, l'être à
notre tour. Lucien n'était point sur les rochers d'Antisanti, mais il était important
qu'on pût l'y croire; et, véritablement, j'aurais pu le croire moi-même, au milieu de
l'action et du danger. Vous ne l'attendrez
pas long-temps toutefois. Avez-vous vu,
hier soir, et, tenez, voyez-vous encore un
grand feu aux deux tournants du Golo?

— Je le vois.

— C'est le signal qui m'annonce son retour. On l'avait aperçu en mer. Hier, il n'a

pu débarquer à cause des gardes-côtes. Le
vent est tombé, la nuit assez sombre : il arrivera sans doute ce soir. Mon Lucien est
chargé d'intérêts importants aussi, et,
comme vous, il sert son pays autrement
que par ses armes.

— Mais vous ne songerez plus à vous
battre? dit Claire.

— Vous concevez, répondit le chevalier,
que Lucien seul devra en décider. Il m'a
attendu, il ne m'a pas vu venir : il serait en
droit de m'accuser, et je ne puis être ac-
cusé par personne.

— Puisque cette femme vous a trompés
tous deux. Tromper mon frère! Ah ! il fallait bien qu'elle fût Vénitienne !

— Et me tromper, moi, n'est-ce donc
pas un mal ?

— Je n'ai pas dit cela; mais enfin vous
ne vous battrez pas contre Lucien : vous
êtes son prisonnier,

— Le sien ?

— Et de qui donc ?

— En vérité, j'ai cru me rendre à lui,
mais c'était pour lui offrir un autre et un
plus sûr combat.

— Il ne l'accepterait plus aujourd'hui.

— Mais, moi, je dois le lui offrir : tout ce
que je puis faire ensuite, et je le fais, c'est
de consentir qu'il refuse.

— Demandez-le-lui donc à lui-même! s'é-
cria Savério.

Lucien entrait dans la maison paternelle.

CHAPITRE VIII.

Peut-être faut-il avoir été père pour
concevoir tout ce que l'on éprouve lorsque
l'enfant, éloigné long-temps, revient enfin
près de nous. Le cœur se gonfle à la fois de
tout ce qu'il éprouve de joie et de tout ce
qu'il a souffert de peine. Les bras ne suffi-
sent pas à serrer contre la poitrine celui

qui a été l'objet de tant d'inquiétudes ; on
l'a reçu du regard avant de l'embrasser; on
le caresse du regard encore après avoir
couvert son front de baisers, comme pour
interroger tout le temps de la séparation,
comme pour s'assurer que celui qu'on aime
revient plus fort, plus beau, plus heureux
qu'on ne l'a quitté ; on veut que le regret
de l'absence ait du moins profité pour lui;
on ne lui demande plus compte du temps
ou du danger que pour savoir ce qu'il en
a rapporté de bien-être ou de bonheur. Les
questions qui se pressent se réduisent toutes
à la même pensée : l'on aime et l'on a souffert ; l'on aime et l'on retrouve.

Savério s'était assis en face de son fils :
il le contemplait attentivement, en silence,
avec l'expression d'une admirable tendresse;
appuyé sur son long fusil, demi-courbé pour
mieux voir Lucien, il flattait, sans attention,
la tête d'un gros chien qui remuait la queue,

et grondait tout bas de joie en retrouvant
son jeune maître; et de temps en temps
seulement, étendant sa main robuste pour
prendre la main de Lucien, il murmurait
le nom de la femme si chèrement aimée
qui lui avait donné ce fils. Claire avait apporté à son frère une chaise de bois à long
dossier : elle l'y avait fait asseoir, et s'était
mise à ses pieds, contre lui, la tête appuyée
sur ses genoux. Ces deux jolis visages d'une
si frappante ressemblance, l'attitude élégante et forte de Lucien, l'abandon gracieux
de Claire, le feu humide de ses yeux ré-
pondant au mâle regard de Lucien, et la
vive émotion qui se peignait dans les traits
du jeune homme auraient frappé quiconque
aurait pu les voir. Une lampe de fer à trois
becs, attachée par une chaîne à un plafond
que la fumée avait rendu noir et brillant
comme l'ébène, jetait sur eux des reflets
mobiles, et faisait par moment briller le

canon des fusils de famille. Une petite image
de Vierge en plâtre doré semblait protéger
cette réunion si long-temps attendue ; et,
dans l'ombre, entre la porte et l'ouverture
d'une fenêtre à volets grossiers, M. de Montry contemplait, non sans émotion lui-
même, le spectacle de cette joie sainte.

Savério toutefois ne fut pas long-temps
à prévenir son fils de la présence de l'étranger. Il alla prendre M. de Montry par la
main, et le conduisant en face de Lucien
et de Claire :

— Voici, dit-il, un homme qui prétend
avoir une dette contractée envers toi.

— Vous ici ! s'écria Lucien ; vous que j'ai
tant attendu ! vous qui m'avez fait perdre
de si longs jours à Venise !

— Moi-même, dit le chevalier, moi qui
ai cru être vaincu par vous, moi qui suis
prisonnier, et par conséquent en votre puissance, et qui viens vous offrir cependant

tout ce que vous m'avez demandé naguère!

— Ah! mon père! dit Claire en voyant Lucien se lever précipitamment, vont-ils donc achever cet inutile combat?

— Tais-toi, enfant, répondit Savério : laisse les hommes vider leurs querelles en hommes. Tu vois bien que moi-même je m'abstiens d'y prendre part.

— Est-il vrai qu'il ne soit pas libre, mon père? dit Lucien d'une voix lente.

— Il est certain qu'il a été pris dans un combat, et qu'il s'est rendu parce qu'il était blessé, sans armes.....

— Et parce qu'il croyait t'avoir retrouvé, Lucien, ajouta Claire.

M. de Montry était demeuré immobile, les bras croisés sur sa poitrine, ne montrant ni impatience, ni embarras. Lucien s'approcha de lui :

— Prisonnier dans cette maison, et depuis long-temps? dit-il.

— Depuis quinze jours.

— Et vous m'attendiez?

— Je vous attendais.

— Vous êtes donc prêt?

— Je le suis.

— C'est faire ce que vous deviez; je ferai ce que je dois.

Lucien sortit de la chambre, et rentra presque aussitôt, tenant sur un plateau de bois quelques morceaux de pain et deux verres à demi remplis de vin de Cervione. Il prit un morceau de pain et le présenta au chevalier, en lui demandant de le manger; il lui offrit un verre, en le priant de boire. M. de Montry fit l'une et l'autre chose.

— Maintenant, monsieur, dit le jeune Corse, vous avez mangé mon pain et bu mon vin, vous êtes mon hôte, et tout ce qui est ici est à vous. Mais là où il y a un hôte, il n'y a plus de prisonnier : soyez libre, et puisque vous avez accepté l'hospitalité

dans la chaumière d'un Corse, veuillez vous
souvenir qu'il ne l'oubliera jamais.

Il tendit la main au chevalier qui se jeta
à son cou. Claire souriait avec joie; et le
vieux Savério regarda involontairement la
madone pour lui montrer comme son fils
se conduisait bien.

Une assez longue explication apprit ensuite à Lucien tout ce que nous avons successivement raconté. Puis, ce fut à lui de
rendre compte avec détail de la course qu'il
venait de faire, et des instructions dont
l'avaient chargé les envoyés occupés des
intérêts de l'île sur le continent d'Italie.
Giafféri, Orticone, Paoli, les chefs investis
de la confiance populaire, allaient avoir à
prendre une résolution prompte et définitive. Gênes, fatiguée d'une lutte si longue,
voulait enfin y mettre un terme. Le Piémont
lui offrait des secours. En Lombardie, on
reformait des bataillons pour venir à Bastia

remplacer les corps décimés par la guerre.
La Toscane et les États Romains fermaient
désormais leurs ports aux insurgés ; et Venise ne leur fournirait plus , même à prix
d'argent, ni armes, ni munitions d'aucun
genre. Un seul homme, un baron allemand,
quelque peu diplomate, quelque peu soldat,
avait fait offrir à Grégoire Salvini, l'agent
des Corses à Livourne, des approvisionne-
ments, un vaisseau et des armes ; mais il
mettait son secours à si haut prix, que ni
Grégoire Salvini, ni Lucien n'avaient voulu
prendre sur eux de répondre d'une manière
positive. Ils s'étaient réservé d'en référer aux
chefs de l'île. Lucien venait leur expliquer
tout ce que les rapports extérieurs avaient
de décourageant, mettre sous leurs yeux les
refus des puissances d'Italie, exposer aussi
les propositions du baron de Neuhoff, et demander une décision que chaque jour et chaque événement rendaient plus nécessaires.

A ce tableau si décourageant de la situation extérieure, Savério en ajouta un presque pareil de l'état intérieur de l'île. Le
courage des insurgés était aussi grand, leur
dévouement aussi entier qu'il eût pu être,
leur volonté de secouer le joug de Gênes
aussi absolue que jamais, et leur résolution
de vivre libres ou de mourir aussi ferme
qu'il s'en fût trouvée chez aucun peuple.
Mais, tandis qu'ils attaquaient Antisanti,
l'on avait garni de troupes le château de
Corte, renforcé la garnison d'Ajaccio, mis
quelques bâtiments en observation devant
Porto-Vecchio, dans le golfe de Sagone
et dans celui de Saint-Florent. Aux deux ex-
trémités de l'île, Calvi et Bonifaccio étaient
occupées; Bastia recevait des renforts; la
route du centre était observée en plusieurs
endroits : on ne pouvait donc plus guère
compter sur les arrivages étrangers, et par
conséquent il fallait se restreindre aux

moyens rassemblés naguère avec tant de
peine. Or, ces moyens étaient faibles : les
munitions s'épuisaient chaque jour ; on
n'avait pu apprendre à fabriquer de poudre
dans la montagne; le peu d'armes prises
aux ennemis étaient d'un mauvais usage ;
et la plupart des hommes qui combattaient,
n'ayant pas eu le temps de vaquer aux soins
des troupeaux et des terres, se trouvaient
sans chaussures, comme leur famille sans
pain. Que faire en cette situation? Savério
n'aurait osé lui-même émettre un avis. Mais,
dès qu'il avait eu, par les signaux, la certitude du retour de son fils, il avait fait prévenir les chefs de l'île, et se tenait assuré qu'ils
accourraient sans délai pour recevoir des
communications si importantes. Jusque là,
il fallait attendre, et ne s'occuper que de la
joie d'être enfin réunis.

Cette joie était grande en effet, et chacun
des membres de la famille la sentait dans

toute son étendue. Deux jours entiers y furent consacrés, sans qu'aucune pensée étrangère vînt en affaiblir le charme. A voir l'expression de bonheur de ces trois personnes, on eût deviné d'abord tout ce qu'il y avait de sincère et de généreux dans leur tendresse; à les entendre, on se fût assuré qu'ils étaient dignes du bonheur que leur envoyait la Providence. Bien qu'un peu léger, un peu étourdi peut-être, le chevalier était un des hommes du monde qui comprenait le mieux ce que l'âme peut avoir de haut et de loyal. Il jouissait de la joie qu'il voyait répandue autour de lui, et s'y associait franchement pour sa part. Cependant, sa position personnelle l'inquiétait toujours un peu. Ce n'était plus le même embarras qui l'avait arrêté près de Claire, car il s'était résigné de très bonne grâce à rentrer dans les bornes d'un respect si bien mérité; mais un mélange de reconnaissance et de délicatesse le tour-

mentait; il avait été prisonnier; on lui avait
rendu la liberté par une sorte d'exaltation
généreuse; mais cette liberté, sans condition, sans prix, qu'une parole seule avait an-
noncée, dont on ne lui reparlait plus, devait-
il la regarder comme complète, et pouvait-il
en faire usage? Au temps où nous vivons, l'on
eût peut-être été moins difficile; et probablement on aurait profité, même sans beaucoup de reconnaissance, d'un bienfait dont
on n'aurait estimé que l'utilité présente.
Le chevalier de Montry n'était pas de nature
à prendre les choses si à l'aise. Gentilhomme
de cœur autant que de naissance, il se tenait
pour obligé à rester digne de son nom
comme de ses armes; et quoiqu'il eût perdu,
sans y faire attention, trop d'argent au jeu,
quoiqu'il eût parfois trop peu ménagé les
dames qui l'honoraient de leurs bontés, il
se sentait toujours, en dépit de tout, des devoirs que l'éducation et le sang lui avaient

imposés. Il soulevait ce qu'il nommait ses
chaînes pour passer plus facilement par-
dessous ou par-dessus; mais jamais il ne lui
fût entré dans la pensée de les rompre. Il n'y
a jamais à désespérer d'un homme qui,
même au travers de ses fautes, se souvient
de ce que sont ses devoirs.

Cette fois, ce fut Claire qui vint au secours du chevalier, soit que l'instinct protecteur d'un cœur de femme l'avertît que
son prisonnier avait besoin d'assistance,
soit qu'elle tînt à honneur d'achever ce
qu'avait noblement commencé son frère.
Les deux premiers jours passés, au matin,
et comme le déjeuner de famille venait de
finir, elle s'approcha du chevalier qui était
assis près de Lucien, et lui remettant un
long stylet ancien à lame simple, mais à
poignée travaillée :

— Tenez, lui dit-elle; dans notre pays,
quand un enfant a douze ans achevés, on

lui donne un fusil pour témoigner qu'il peut aller chasser, combattre lui-même et pour lui-même, qu'il est libre, en un mot, de ses actions et de son bras : permettez-moi de vous remettre ceci au nom de mon père, de mon frère et de moi, non seulement pour vous rappeler que vous êtes libre et maître d'agir comme bon vous semblera, mais aussi pour que vous conserviez de nous un peu de souvenir. Quelque chose qui vous arrive, soyez sûr que l'on se réjouira à Venzolasca de tout ce qui sera heureux pour vous ; et quand vous serez loin, pensez quelquefois aux amis que vous y aurez laissés.

— Oui, j'y penserai, répondit M. de Montry, j'y penserai avec affection, avec respect même. Vous me rendez ma liberté : j'en ferai usage ; mais ma reconnaissance restera près de vous ; il n'y a point d'événements qui puissent détacher mon cœur de vous trois, et la meilleure époque de ma vie serait celle où je pourrais vous re-trouver et contribuer à votre bonheur.

Le lendemain fut le jour fixé pour le dé-part. Au lever du soleil, le major monta sur un petit cheval du pays qu'on lui avait choisi exprès parmi ceux qui couraient la plaine, dont on avait soigné l'équipement, et dont la selle avait été garnie de bonnes armes et d'un long fusil de Sardaigne. Il prit une épée de Venise qui lui avait été donnée pour remplacer la sienne, sortit de la cour, et vint passer auprès du berceau où l'on se réunissait d'ordinaire. Savério et Claire étaient là, et Lucien tenait un autre cheval par la bride.

— Ah! je vous espérais, dit le jeune Français.

— Et nous, nous vous attendions, dit Claire. C'est aujourd'hui dimanche, et nous allons aller, mon père et moi, entendre la messe pour le bon succès de votre voyage.

— Et Lucien , où va-t-il?

Lucien part avec vous, répondit Claire.

— Mais vous laissera-t-il seuls ?

— Il ne peut vous laisser seul davantage, dit Savério.

— Mais en temps de guerre , en pays presque ennemi , au milieu des dangers ?

— En temps de guerre , en pays presque ennemi, au milieu des dangers , tout cela n'est-il pas de même pour vous ?

— Monsieur, dit Lucien qui avait gardé le silence jusque là , vous êtes mon hôte et je réponds de vous. Que dirait-on si l'hôte de Lucien Catalanzi eût souffert quelque dommage ? Je vous conduirai jusqu'au premier poste Génois, du côté de Biguglia, je pense ; là, je vous laisserai. Dieu déterminera ensuite quand nous devrons nous revoir.

— Ah ! je vous reverrai tous, s'écria M. de

Montry. Ma vie serait trop courte si je n'a-
vais quelques jours à passer encore sous
votre toit protecteur...

— Adieu donc, dit Claire. Allez, soyez
heureux, et si vous trouvez quelque pauvre
Corse en péril de mort, secourez-le pour
l'amour de nous.

— Adieu, dit Savério d'une voix forte.
Jeune homme, revenez à nous si par hasard vous étiez malheureux. Je vous recommande à celui qui dispose du bonheur
et des revers.

Ils descendirent la colline ; et bientôt ils
entendirent le son de la cloche qui annon-
çait l'office du dimanche.

— Voilà la messe, dit Lucien.

— Et je sens que l'on prie pour moi,
ajouta le jeune Français.

CHAPITRE IX.

Tandis que ces choses se passaient, les chefs de l'île, avertis par les messagers de Savério, se dirigeaient en hâte vers le bourg de Venzolasca. Plus ils mettaient d'importance aux nouvelles que devait leur apporter Lucien, plus ils étaient pressés de les

connaître, et de discuter entre eux une résolution que chaque jour rendait si nécessaire. Dès le commencement de la semaine,
ils furent réunis. Lucien, appelé devant
eux, leur soumit un compte exact et dé-
taillé de sa mission. Il déposa ensuite sur
la table quelques dépêches dont il s'était
trouvé porteur, une lettre de l'agent Corse
à Livourne qui contenait les propositions
faites par le baron Théodore de Neuhoff,
et quelques monnaies de cuivre et de bronze
que Salvini avait été chargé de faire frapper
avec les emblèmes de la liberté Corse. Il sortit
ensuite, Savério se retira en même temps,
et les trois chefs restèrent ensemble.

Orticone était au bout de la table, Giafféri
à sa droite, Paoli à sa gauche ; ils demeurèrent tous trois sans parler durant quelques
moments. De la fenêtre ouverte, derrière
Orticone, l'on apercevait la cime des arbres, le cours et l'embouchure du Golo, la

mer éclairée par un magnifique soleil ; et
la chaleur de la nature semblait contraster
avec la muette gravité de ces trois hommes.
Orticone, un peu plus petit et un peu plus
maigre que ses compagnons, le teint jaune,
le visage allongé, mais la bouche fine et
intelligente, et les yeux pleins de feu, portait son habit ecclésiastique, court et dégagé. Qui l'eût observé attentivement, eût
deviné peut-être à certaines saillies de sa
soutane noire, qu'elle recouvrait quelque
chose qui ressemblait à des armes ; mais
ces armes ne paraissaient point, et ne pouvaient être destinées qu'à la défense. Giafféri, au contraire, montrait les siennes,
son long fusil espagnol à canon damas-
quiné, ses deux poignards dont la tête sortait au travers de l'ouverture de sa veste
brune, sa cartouchière de cuir ornée de
fils d'argent, dans laquelle étaient passés
deux pistolets de fabrique française. Il avait

le front haut et fier, des traits nobles, un
peu durs, la ~~barbe~~ et la chevelure déjà gri-
sonnantes, une vive ardeur dans le regard,
et dans toute sa personne une remarquable
expression de force et de capacité. Paoli,
plus âgé que ses deux compagnons, conser-
vait quelque chose des habitudes militaires
qu'il avait contractées lorsqu'il servait à
Naples. Il était vêtu d'une espèce de justaucorps bleu grossier, armé d'un sabre
lourd et de pistolets massifs, et portait une
ceinture d'étoffe éclatante pour soutenir
ses deux stylets à long fourreau. Sa figure
était moins basanée, moins régulière que
celle de Giafféri, plus énergique aussi que
celle d'Orticone. Il avait rejeté son manteau
en arrière et paraissait réfléchir profondément. Si la branche aînée d'Ornano n'eût
été éteinte depuis cinquante ans, si le chef
des Colonna eût été en âge de prendre part
à ces tentatives nouvelles, toutes les illus-

trations de la Corse eussent été renfermées
dans cette étroite chambre. Une chambre
plus étroite encore, une chambre d'Ajaccio, a produit pour la Corse et pour la
France, non plus de liberté, mais plus de
gloire, une gloire si grande que, sans faire
disparaître les autres, elles les a toutes
enveloppées de son éclat et de sa puissance.
Pourquoi la gloire oublie-t-elle presque
toujours la liberté? Ou pourquoi la liberté
marche-t-elle si rarement après la gloire?

Quelques moments s'étant écoulés, Orticone prit la parole :

— Vous avez entendu, comme moi, dit·
il, le récit de Lucien Catalanzi. D'un autre
côté, l'exposé que nous a fait Savério n'est
malheureusement que trop conforme aux
comptes qui nous sont rendus chaque jour.
Tout, vous le voyez, a changé de face pour
nous. La guerre presque générale, à la faveur de laquelle nous pouvions espérer

que Gênes affaiblie cesserait de nous résister, se termine d'une manière qu'on peut
appeler imprévue. La maison d'Autriche
réunissant sous sa dépendance le Milanais
et la Toscane, Parme, Plaisance et la plaine
Lombarde, nous n'avons plus d'espoir de
ce côté. Venise est loin de nous, et le successeur des Dandolo et des Mocenigo craint
de se compromettre en nous vendant des
armes. Le Piémontais, dont toutes les vi-
sées sont sur la Sardaigne, se dispose à
faire contre nous des efforts assez réels
pour mériter que les Génois le secondent
ensuite dans le désir de sa royauté insu-
laire. Naples va passer à un enfant. En Italie nous n'avons donc rien à attendre. Pouvons-nous espérer mieux de l'Espagne ou
de la France? Je ne le pense pas. Celle-ci
sort à peine d'une guerre que le parcimo-
nieux cardinal a trop regrettée pour rien
entreprendre de nouveau. Celle-là vient

d'acquérir les Deux-Siciles et voudrait conserver la Sardaigne ; elle n'aura ni troupes, ni argent disponible, et ne fera rien en notre faveur. Cherchons donc si nous pouvons trouver parmi nous ce que les autres nous refusent. Faut-il l'essayer ? Pouvons-nous réussir ? Notre devoir est de l'examiner.

— Je crois, dit Giafféri, que notre devoir est de nous défendre ; et, s'il pouvait y avoir doute, je demanderais que la question fût d'abord posée de la sorte. Certainement nous n'avons rien à espérer des autres, et fort peu à attendre de nous-mêmes ; mais nous n'avons pas le choix : il faut résister ou se soumettre, et personne ne songe à se soumettre.

— Est-il donc bien certain, dit Hyacinthe Paoli, que nous n'ayons plus de ressources à l'intérieur ?

— Cela n'est que trop certain, répondit

Orticone. L'argent recueilli lors de la dernière collecte avait été employé en acqui-
sitions d'armes et de munitions : le vaisseau
qui les portait vient d'être capturé dans les
eaux de Porto-Vecchio. Les Génois ont si
bien dévasté nos campagnes, qu'un tiers
environ des terres à froment n'a pu être
ensemencé; nos troupeaux sont sans cesse
la proie des maraudeurs allemands; les
femmes n'ont plus de bijoux; les églises
n'ont jamais eu de trésor.

— Il faut respecter les églises, dirent à
la fois les deux guerriers.

— Quand nous ne les respecterions pas,
elles ne pourraient rien nous fournir, et
cependant presque toutes les positions sont
occupées par les Génois. La prise d'Antisanti nous a donné le moyen de placer
pour ainsi dire une sentinelle au milieu
d'eux, mais cette sentinelle ne voit autour

d'elle que des ennemis. Que nous reste-t-il donc?

— Il nous reste notre sang à verser, dit Giafféri.

— Oui, reprit Paoli; mais encore faut-il pouvoir le répandre, et nous ne le pouvons même pas !

— Nous ne nous rendrons point cependant.

— Non, nous ne nous rendrons point.

Ils retombèrent tous trois dans un profond silence. Savez-vous bien ce qu'est la situation d'hommes qui sont résolus à tout, et qui ne trouvent pas même le moyen de mourir utilement pour leur patrie?

Après un assez long temps, Paoli reprit la parole :

— Voyons, dit-il, ce que ce baron de Neuhoff nous propose.

Giafféri lut la dépêche. Théodore de Neuhoff mettait à leur disposition un vaisseau de dix canons, quatre mille fusils, une somme considérable en or, et des effets d'équipement; il se disait assuré de l'assistance du bey de Tunis, de l'assentiment du Portugal, de l'appui secret de la France et de la Hollande. Giafféri rejeta le papier.

— Je ne veux point, dit-il, être l'allié d'un bey de Tunis. Nous avons confié l'île, nos enfants et notre liberté à la Vierge sainte ; Mahomet et ses infidèles ne peuvent entrer ici.

— Il a raison, dit Paoli,

— Il a raison, dit Orticone.

Puis, ils redevinrent mornes et muets comme auparavant. Cependant, Orticone reprit la lettre sur la table, et la parcourut des yeux.

— Ah! dit-il, il ne demande rien pour le bey de Tunis, et le croissant ne paraîtra pas dans l'île.

— Lisons donc : lisons jusqu'au bout.

Ils lurent non seulement la dépêche,
mais un mémoire assez long que Théodore
y avait joint. Dans ce mémoire, il exposait
quelle admiration pour le courage des insurgés l'avait porté à venir à leur aide ; il
donnait de grands éloges à leur constance,
et parlait avec enthousiasme de la Corse;
puis, après avoir fait un magnifique tableau
de toutes les ressources dont il pouvait disposer, de tous les secours qui suivraient
le premier secours amené, il développait
ses vues sur l'organisation de l'île ; il montrait comment, selon lui, un pouvoir cen-
tral, incessant, unique, était seul capable
d'imprimer aux affaires de la Corse une
impulsion assez uniforme et assez régulière
pour rendre le succès possible ; il rappelait
que la Corse avait eu autrefois des rois,
qu'elle était même demeurée toujours un
royaume titulaire; il insinuait enfin, d'abord

avec quelque réserve, puis ensuite d'une
manière positive, que celui qui se dévouait
pour assurer à la Corse une véritable indépendance, devait être le représentant de
cette indépendance même, et que le moyen
le plus certain de lier indissolublement aux
destinées d'un pays vaincu la destinée d'un
homme qui pouvait lui rendre les moyens
de vaincre, c'était de lui donner le titre de
roi.

A ce mot les trois amis s'écrièrent ensemble :

— Un roi! un roi à nous!

Giafféri fit sonner son fusil en le frap-
pant du plat de la main, et Paoli joua
quelque temps avec la poignée de son
sabre. Puis ils se levèrent tous trois sans
se parler, se rassirent, se relevèrent encore.
Paoli murmurait à voix entrecoupée des
imprécations de désespoir, des reproches à
l'Europe, ou laissait échapper des exclama-

tions menaçantes. Orticone consterné demeurait dans une immobilité muette : ses
traits offraient un mélange de douleur, d'inquiétude, de regrets, où la résignation ne
pouvait trouver place. Louis Giafféri était
agité d'un frémissement visible et d'une
indignation qu'il cherchait avec peine à contenir. Mais sur aucun de ces trois visages
l'on n'eût démêlé ni un ressentiment per-
sonnel, ni une ambition déçue. Il ne se
trouvait point là de ces passions qui agitent
ordinairement la vie, point de ces hommes
qui cherchent, au travers des événements,
le succès de leurs calculs ou l'espérance de
leur avenir. Il n'y avait que les chefs d'un
peuple opprimé à qui l'oppression est de-
venue insupportable, les représentants
d'une cause sainte et saintement comprise.
A deux reprises, le mémoire de Théodore
fut repris avec effort, et rejeté avec colère.
Enfin, de longues et pénibles réflexions

calmèrent, sans la détruire, cette émotion violente.

Paoli parla le premier.

— Je dépose mon commandement, dit-il; je ne veux être pour rien dans de tels malheurs.

— Viens, dit Giafféri, nous trouverons toujours bien un poste à attaquer; il y aura toujours bien pour deux pauvres soldats quelque balle génoise.

— Eh! qui donc veillera sur la Corse? reprit Orticone; qui la défendra de sa faiblesse? qui la protégera contre des ennemis publics, contre des amis perfides, contre tous les dangers qui la menacent?

Les deux chefs se promenaient à grands pas dans la chambre. Giafféri s'approcha de la fenêtre :

— Voyez, dit-il, ce fleuve qui roule ses eaux sans qu'aucune barrière en gêne le cours, ces arbustes qui croissent affranchis de toute culture, ces plaines où le jour répand ses rayons : tout cela est libre, tout cela vit en face et sous la loi de Dieu, et tout cela aurait un maître!

— Quoi! ajouta Paoli, la Corse entière aurait dit à Erasme Orticone, à Louis Giafféri, à Hyacinthe Paoli : Enfants, je vous remets mon existence et le soin de moi; disposez de moi, mais rendez-moi libre; et Louis Giafféri, Hyacinthe Paoli, et Erasme Orticone viendraient dire à la Corse : Mère, nous avons disposé de toi, tu es esclave!

— Non, cela ne peut se dire, reprit Orticone; mais si Gênes triomphe, que deviendra la Corse?

— Si Gênes triomphe! s'écrièrent-ils. Oh! mon Dieu! laisseriez-vous donc Gênes et sa tyrannie triompher de vos pauvres enfants?

Un souvenir trop présent leur rappela les efforts essayés depuis six années, les sacrifices faits, les Corses tombés dans cette lutte de la liberté; mais à côté de ce douloureux souvenir, ils ne trouvaient dans ce qui les entourait maintenant que les dangers, que l'abandon, qu'une défaite cruelle. Ils se regardèrent et baissèrent les yeux; ils prononcèrent quelques mots inentendus, et Giafféri reprit enfin la parole.

— Eh bien donc, dit-il, faisons à notre patrie le plus grand sacrifice que nous puissions lui faire.

Il ôta son fusil, détacha sa cartouchière, se dépouilla de ses pistolets, de ses poignards, posa toutes les armes au bout de la table, et fit signe à Paoli d'imiter son exemple; puis cela fait :

— Maintenant, reprit-il, nous ne sommes plus des soldats; nous ne sommes plus que de pauvres villageois discutant sur la perte ou la conservation de ce qu'ils ont de plus cher. Orticone, mets ta croix la, entre nous trois; elle nous rappellera qu'il faut souffrir pour mériter de mourir.

Ils se rassirent tous trois, et recommencèrent leur discussion interrompue. Tous trois avaient le front pâle, les lèvres contractées et le regard fixe. Ils examinèrent longuement de nouveau s'il était impossible de résister et s'ils n'en avaient aucun autre moyen; puis, s'il fallait nécessairement accepter un roi; puis, s'il ne valait pas mieux se donner à un roi déjà ancien, à un roi étranger, à Louis XV, ou à Philippe V, que d'accepter la royauté improvisée d'un baron de Westphalie. C'était un grave et touchant spectacle que celui de ces trois hommes acceptant si cruellement la perte des espérances de toute leur vie, se sacrifiant dans ce qu'ils avaient de plus cher, et discutant avec une bonne foi si rigoureuse et si poignante quel serait le souverain donné à la patrie qui leur avait demandé la liberté.

Presque tout le jour passa dans cette al-
ternative de désespoir et de résignation.
Enfin, ils crurent reconnaître que la France
ni l'Espagne n'oseraient accepter leur soumission ; qu'ils n'avaient plus, pour continuer une résistance hasardeuse, que
cette ressource offerte à si haut prix par
Théodore, et, s'il fallait par force accepter
un roi, qu'un roi à eux, fait par eux,
vivant entre eux, serait nécessairement
moins oppresseur. Une dernière question
restait à traiter, celle de savoir s'ils le ser-
viraient de leurs personnes. Aucun des
trois ne pouvait s'y résigner. Tous trois
cependant finirent par se le promettre, car
s'ils n'avaient pas donné l'exemple, personne en Corse ne se fût soumis; et ce sacrifice, le plus grand possible, devait être aux
yeux de leurs concitoyens la confirmation et
l'accomplissement de tous les autres. Enfin
le soir était arrivé, le soleil se couchait, tout

était convenu, Paoli allait rouvrir la porte.

— Attends un peu, dit Giafféri... Venez tous deux avec moi près de cette fenêtre : regardons encore une fois notre patrie pendant qu'elle est libre. Tenez : ce soleil qui va s'enfoncer dans l'onde aura vu le dernier jour de notre indépendance. Pauvre patrie que nous avons tant aimée! pauvres Corses qui avons eu tant d'espoir au cœur! Orticone, ajouta-t-il, prends la croix que tu avais placée entre nous, et donne-nous-la à baiser.

Le chanoine prit sa croix qu'il approcha de leurs lèvres; ils s'inclinèrent un moment.

Puis la porte fut ouverte : ils s'en approchèrent.

— Que le ciel nous protège! dit Orticone.

— Et que la patrie nous pardonne ! ajouta Paoli.

Giafféri, les tenant tous deux par la main, s'avança ; et, le regard morne et la voix mal assurée, il dit le plus haut qu'il put, mais bien peu haut cependant :

— La Corse reconnaît le roi Théodore.

CHAPITRE X.

Lucien et le chevalier de Montry avaient
poussé sans accidents leur course jusqu'à
la chaussée de Biguglia. Là, et sur les
bords d'un gros ruisseau qui vient, en façon
de fleuve, se jeter dans la mer, on apercevait une grand'garde génoise. Lucien

descendit de cheval, s'approcha du major,
et lui montrant les soldats ennemis auprès
de leur baraque de feuillage :

— Vous voyez, dit-il, que nous devons
nous quitter ici.

— Vous et les vôtres, répondit le chevalier, me faites regretter vivement tout ce
qui est séparation ; mais je serais le plus
malheureux homme du monde de vous
exposer plus long-temps à un danger que
vous n'avez que trop bravé. Adieu, Lucien.
L'on dit en France que deux hommes qui
se sont noblement battus l'un contre l'autre doivent rester amis intimes, ou ennemis déclarés : nous ne saurions être ennemis ; mais j'ai été vaincu par vous de toutes
manières, et je vous quitte fier de tout ce
qui a fait votre supériorité.

— Je ne crois pas y avoir de mérite,
monsieur ; car il ne me semble pas, il ne
vous semble pas à vous-même, j'en suis

sûr, que je pusse agir autrement. Au reste,
et si vous êtes content de nous, j'oserai
vous renouveler la prière que vous a faite
ma sœur, et vous demander de délivrer le
premier Corse que vous trouverez en péril
de mort.

— Je vous le promets, et peut-être aussi
n'avais-je pas besoin de vous le promettre.
Il y a des dettes de cœur qui sont tellement
sacrées, qu'il est impossible de ne pas les
satisfaire. Ne sentez-vous pas que celle-ci
est du nombre? Et, à mon tour, permettez-
moi de vous demander une grâce. Ce mouchoir du Levant, broché d'argent et de soie,
est la seule chose que j'eusse avec moi depuis
l'affaire d'Antisanti; votre sœur l'avait trouvé
joli : faites-lui-en agréer l'hommage. Il n'a
aucune valeur, et ne peut servir qu'à lui
rappeler ma reconnaissance. Je n'aurais osé
le lui offrir moi-même : présenté par vos
mains, elle daignera, j'espère, le recevoir.

— J'espère, à mon tour, dit Lucien, qu'il a peu de valeur, et que vous n'aurez pas pensé à lui en donner une.

— Ah ! Lucien, s'écria le chevalier, m'estimez-vous assez peu pour songer au prix matériel de ce que je regarde comme un souvenir ?

— Non ; je l'accepte pour Claire, et vous en remercie pour elle. Adieu, pensez à nous.

Il serra la main du major, remonta sur son cheval, et partit au galop. M. de Montry continua sa route, gagna la hauteur, et entra dans Bastia. Son retour causa quelque émotion dans la ville : on parlait diversement de ce qui lui était arrivé, de son séjour, des motifs qui l'avaient conduit en Corse. Le provéditeur génois le reçut bien pourtant, non sans quelque ressentiment peut-être, le fit causer long-temps, l'entretint d'Antisanti, du capitaine Meldigozzo qui, ayant trouvé moyen de s'échapper, était en

ce moment avec un corps détaché du côté
d'Algajola; puis, enfin, ne trouvant pas matière aux soupçons qu'on avait conçus, il lui
demanda quels étaient ses projets, et s'il
comptait demeurer long-temps à Bastia.
M. de Montry répondit qu'il se proposait
de visiter Saint-Florent, Calvi, la Balagne,
de se rendre à Vico, où il avait une lettre à
rendre au chanoine Casanelli, et peut-être
de suivre la chaîne des montagnes pour aller
ensuite regagner Corte. Rivarola n'était pas
trop d'avis de ce voyage : il ne désirait pas
qu'un étranger pénétrât si avant dans la
situation et dans les mœurs de la Corse;
mais le chevalier s'expliquait d'une manière
si précise, et le provéditeur avait si positivement ordre de le ménager, qu'il n'osa
insister davantage.

Ce n'était pas tout cependant : trois ou
quatre jours après, comme l'équipage de
M. de Montry se trouvait à peu près dis-

I.   14

posé pour le départ, le chevalier vint chez
le provéditeur, et entama avec lui une né-
gociation bien autrement difficile, celle
qui était relative à la mise en liberté de l'un
des Corses prisonniers. Rivarola s'y refusa
nettement ; le major redoubla d'instance ; le
Génois répéta son refus en homme qui annonce une résolution assez prise pour avoir
droit d'espérer qu'on ne revienne pas à la
charge. M. de Montry ne fit pas semblant
de s'en apercevoir, et recommença ses sol-
licitations. A cette fois, M. de Rivarola,
poussé à bout, ne put s'empêcher de répondre d'une manière qui ne sembla pas
assez convenable au chevalier.

— Monsieur le provéditeur, dit celui-ci,
vous êtes vif, et je ne suis point patient.

— Ma foi, monsieur, je le regrette fort,
mais je n'y puis que faire.

— Vous allez me causer un grand tort.

— Et quel tort, je vous prie?

— Un tort immense! Si nous nous em-
portons, il faudra quelque chose de plus
que des paroles : or, écoutez. J'avais reçu de
Dieu un oncle et un grand-oncle. Mon oncle
prétendait quelquefois que j'avais une mauvaise tête, et mon grand-oncle assurait, au
contraire, que je faisais bien d'avoir la
main prompte et la parole impatiente. J'ai
passé dix ans à être grondé par l'un et approuvé par l'autre. Malheureusement, mon
grand-oncle le maréchal est mort; et je n'ai
plus rien à attendre que de mon oncle.
Si je me bats avec vous, je me brouillerai
avec lui; et vous voyez bien que je vais
être obligé de me battre avec vous, si
vous me refusez ce que je vous demande.
Or, vous êtes trop galant homme, j'en
suis convaincu, pour vouloir me faire
éprouver une perte si notable. Consi-
dérez que j'ai mangé la succession du
premier, et vous concevrez qu'il ne se-

rait pas loyal de m'empêcher d'hériter
du second.

— Et que diable me font vos successions?
dit Rivarola en riant malgré lui.

— J'entends bien qu'elles ne vous font
pas grand'chose, mais elles m'importent à
moi, ne fût-ce que pour avoir la possibilité
de vous donner à dîner à Paris, dans ma
maison de la rue Montmartre, quand vous
y viendrez.

— Je n'ai nulle envie d'aller à Paris,
monsieur.

— Monsieur, sans vous fâcher, un Génois, et même un doge, n'a pas besoin d'en
avoir envie pour y venir.

— Vous voulez absolument me pousser
à bout.

— Bien loin de là, car je vous supplie
encore de m'accorder la grâce que je vous
ai demandée, et je m'en tiendrai pour le
plus obligé du monde.

— Mais vous allez donc de duel en duel?
Trois provocations à Venise, une à Venzo-·
lasca, une encore ici à laquelle il faudrait
répondre si je n'étais plus sage que vous!
Vous avouerez que c'est beaucoup à la fois.

— Ah! vous ne savez pas tout! Pourtant je conviendrai que c'est trop, surtout
si vous m'accordez la grâce que je vous demande.

— Mais que dira la République?

— La République ne dira rien du tout,
et probablement n'en saura pas davantage.
Que si par hasard elle s'en enquiert, vous
ferez connaître ce qui m'est arrivé; puis
vous répondrez qu'il n'y a ni guerre ni
haine qui puisse empêcher de reconnaître un noble procédé; vous répondrez que ce n'est pas trop d'une vie
épargnée pour satisfaire à ce que veut
l'honneur; et il se trouvera dans le sénat et
dans le palais ducal des Brignole, des Vé-

néroso, des Doria, de nobles cœurs qui entendront votre réponse....

— Allons, dit le provéditeur, vous êtes un peu vif aussi, mais vous êtes dirigé par un sentiment qu'il faut respecter. Je vais voir s'il n'est pas possible de faire ce que vous désirez. Notre sérénissime doge ne m'en voudra pas trop, j'espère.

Il appela un aide de camp, et lui demanda le rapport qui venait de lui être remis par le chef de surveillance, sur un prisonnier enfermé dans la citadelle, et qui, déjà deux fois, avait essayé de s'évader. Ce rapport portait que Paul Trémadino avait fait une première tentative, il y a six jours, lors du passage des gardiens à la suite desquels il s'était glissé. Hier, la sentinelle des bastions de droite l'a arrêté au moment où, franchissant le parapet, il allait se précipiter dans la mer. On l'a mis au cachot, d'où il a déclaré qu'il sortirait par un moyen quelconque avant qu'il soit long-temps. On propose de le faire fusiller ce soir sur la promenade du fort.

— Eh bien! interrompit le chevalier, puisqu'il est en danger de mort, et puisqu'il a tant envie de revoir son village, donnez la liberté à celui-ci.

— Le connaissez-vous?

— Je ne le crois pas. Comment dites-vous qu'il s'appelle?

— Paul Trémadino.

— Non; j'ai pourtant souvenance d'avoir entendu ce nom quelque part. Savez-vous où il a été pris?

— A l'affaire d'Antisanti, répondit l'aide de camp, après avoir feuilleté le rapport.

— A l'affaire d'Antisanti! Oh! bien, accordez, accordez-lui la vie. C'est à Antisanti que j'ai pensé périr : il est juste que cette coïncidence lui porte bonheur.

Rivarola écrivit quelques mots au bas

du rapport, et l'aide de camp sortit.

Une heure après, les tambours batti-
rent un appel dans la citadelle, un ba-
taillon d'infanterie prit les armes et forma
le carré : Paul Trémadino y fut amené,
les yeux couverts d'un bandeau. Il avait
la démarche ferme et le pas assuré. Son
jeune visage ne manifestait point d'émotion ; et ses bras, croisés sur sa poitrine,
comprimaient seuls le battement étouffé
de son cœur. Il gardait le silence, et
s'inclina seulement quand il crut passer
devant l'église du fort. L'officier qui commandait ordonna à un détachement de
coucher en joue; puis un moment de silence suivit, et l'on arracha le bandeau à
Paul.

— Ah, dit-il, pourquoi attend-on?

— Pour savoir si vous voulez demander
votre grâce.

— Non : je ne le veux point. — Il s'arrêta,

pensa à Claire, à sa pauvre mère seule et abandonnée, soupira profondément, releva la tête, et ajouta : — Je ne le puis pas.

— Mais si on vous l'accordait à condition de ne plus reprendre les armes?

— Je ne pourrais l'accepter: je suis Corse, et la Corse a seule le droit de disposer de notre parole.

— Pourtant, on a sollicité pour vous.

— Puis-je savoir qui?

— Un gentilhomme Français;... et il a obtenu votre grâce.

— J'aime mieux la tenir d'un Français que d'un Génois.

— Et pourtant Gênes vous l'accorde.

— Si Gênes eût toujours été généreuse, elle régnerait encore dans l'île. Portez mes remerciements au provéditeur. Ne pourrai-je savoir le nom de celui qui a intercédé pour moi?

— Non : il veut demeurer absolument inconnu.

— C'est qu'il est digne de la grâce qu'il a faite. Quand pourrai-je partir?

— A l'instant. Soldats, reposez vos armes. Je dois cependant vous demander où vous comptez aller d'abord.

— Où je vais? n'ai-je pas une mère?

CHAPITRE XI.

Peu d'heures suffirent à Paul pour aller
rejoindre celle qu'il cherchait. La surveillance exercée autour de lui n'avait pu empêcher que des mots jetés au hasard, des
signes inintelligibles pour ceux à qui ils
n'étaient pas destinés, ne lui apprissent que
sa mère avait quitté sa demeure habituelle

pour essayer de se rapprocher de lui pendant sa captivité. Ce départ de la veuve
d'Horace Trémadino explique comment
aucun des Catalanzi n'avait eu de nouvelles
de Paul. Mais Élisabeth, c'était le nom de
sa mère, Élisabeth, avec la persévérance
de son pays et la sollicitude de son amour
maternel, avait continué à veiller de loin
sur celle qui était l'objet de toutes les espérances de son fils. Elle avait su ses moindres actions, ses promenades, l'arrivée du
gentilhomme Français et son départ, et la
promesse qu'il avait faite de revenir, et la
messe où Claire avait été pour lui. Son orgueil de mère s'en était irrité; mais son inquiétude passait encore avant son orgueil;
et au lieu d'aller à Venzolasca, elle était
venue s'établir plus bas, non loin des bouches du Golo, dans un assez vaste domaine
qu'elle possédait aux ruines de Mariana,
et que de tristes souvenirs lui avaient fait

abandonner depuis long-temps. C'est là que
Paul dirigea ses pas. Quand il arriva, le jour
était près de finir; la mer, perdant peu à
peu le mouvement qui l'avait agitée, se re-
posait le long de ses rivages; des bandes
d'oiseaux cherchaient un asile pour la nuit;
l'ombre descendait au travers des arbustes
à haute tige, des cactus, des myrtes dont
la plaine était couverte; l'horizon seul con-
servait encore sa lumière rougeâtre, ses
admirables dégradations de tons, et le re-
flet de la splendeur du jour qui n'était plus.
Au centre de cette plaine, en face de cet
horizon, assez loin du peu d'habitations
éparses qui se trouvent à la tête du domaine,
deux ruines s'élèvent seules encore : l'une
avec les murs ouverts et les ogives à demi
écroulées d'un cloître, l'autre avec un débris de clocher, de longues arcades et une
croix qui les surmonte. Çà et là, on trouve
aussi quelques vieux remparts, quelques

traces d'une chaussée rompue, le fragment
incertain d'un ouvrage réticulaire; car ce dé-
sert est l'emplacement d'une cité Romaine,
de la ville fondée par Marius, et qui comptait cent mille habitants dans ses murs. Les
Vandales, les Arabes, la guerre, le temps
surtout, ont passé : le nom de Marius ré-
sonne encore au milieu de ces ruines ; et
ces ruines, qui conservent le nom du vainqueur des Cimbres et de la toute-puissance
Romaine, ces ruines sont celles de deux
églises.

Ainsi, sur la plage où fut la riche Pos-
sidonia, là où les sables ont couvert les
remparts et les tours, là où il ne reste rien
des jeux du Cirque, du camp des Soldats,
ou de la gravité du Forum, là où le mauvais air règne en maître et répand lentement la mort, deux temples seuls survi-
vent, qui dominent la mer, et qui étalent
aux yeux la masse de leurs portiques et la

solennité de leur abandon. Une singulière
ressemblance d'aspect frappe le voyageur
qui visite ces deux rivages également dé-
serts. Tous deux sont imposants par leur
misère, autant qu'ils l'ont été par leur grandeur ; tous deux n'ont plus de mouvement
que dans la mer qui les entoure, de vie
que dans le ciel qui les couvre ; tous deux
semblent s'être réfugiés sous la protection
de leurs dieux. Mais les dieux de la grande
Grèce s'en sont allés devant la parole de
l'Eternel. Il ne reste au temple de Pœstum
que la grandeur et le souvenir ; aux églises
de Mariana, il reste la prière et l'espérance.

Paul avait hâté sa marche. Il monta rapidement la rampe de pierre qui conduisait à la chambre principale ; il entra sans
bruit : sa mère était assise en face de la
madone, devant laquelle une petite lampe
brûlait, et si profondément absorbée dans
ses pensées et dans son chagrin, sans doute,

I.   15

qu'elle n'avait pas entendu la porte s'ou-
vrir. Au moment où le nom de Paul
sortait avec un profond soupir de sa poitrine oppressée, Paul était dans ses bras.
Elle ne s'écria point, mais elle serra long-
temps son fils contre son sein, elle baigna
son mâle visage de larmes maternelles; et
ses actions de grâce, si vives, si ferventes,
ne sortirent que de son cœur, sans que sa
bouche les prononçât. Elisabeth Trémadino avait été d'une beauté remarquable;
et le feu de ses regards, la noblesse de son
front, la forme élégante de sa bouche,
témoignaient encore de tout ce qu'on avait
dû admirer en elle. Horace Trémadino,
son époux qui était l'objet des constantes
affections de sa vie, lui ayant été enlevé
par le poignard d'un homme dont elle avait
refusé la main, elle resta veuve, jeune et
chargée de l'éducation de ses deux fils.
Tout ce qu'elle put leur donner de force,

de résolution, de respect d'eux-mêmes et
de leur nom, elle ne cessa de le leur donner en effet. A vingt ans, Guido, son pre ·
mier fils, prit la campagne, vengea la
mort de son père, et fut livré aux tribu-
naux Génois qui ne lui firent point de
grâce. Paul, le second, se trouva son unique enfant et son seul appui. Elle concen-
tra sur lui tout ce qu'elle avait d'amour
pour son père et pour son frère. Elle l'éleva
pour renouveler ce nom prêt à s'éteindre,
pour conserver à Gênes une haine immor-
telle, pour lui donner, à elle, une fille
qu'elle pût aimer et rendre heureuse. En
lui était non seulement son bonheur, mais
son espoir, mais son orgueil de mère, et
son ressentiment de Corse. Elle le savait
prisonnier, elle avait dû le croire mort, et
pleurait à la fois son fils et sa vengeance.
Il lui fut rendu; elle le vit près d'elle, sur
la chaise où avait été son père; elle fit

apporter devant lui, comme devant son père, la table du souper; elle se mit auprès pour le voir dans ses moindres mouvements, pour l'examiner à l'aise quand il parlait et quand il se taisait, pour lui faire conter, deux ou trois fois au moins, comment il avait été traité par les Allemands quand il fut fait prisonnier, comment on l'avait conduit à Bastia, comment il avait été sauvé au moment de périr, comment enfin il ignorait le nom de son libérateur. Paul satisfaisait à toutes ses questions; mais évidemment il aurait voulu parler d'autre chose; et, non moins évidemment, Elisabeth évitait le sujet vers lequel Paul tendait à revenir. Elle ne put si bien faire, cependant, que Paul interrompant un récit qu'elle lui demandait encore, ne lui dît enfin :

— Mais, ma mère, vous ne me parlez pas de Claire Catalanzi?

— C'est que je n'ai rien de bon à t'en apprendre.

— Que voulez-vous dire? expliquez-vous,
au nom de Dieu!

— Veux-tu m'en croire, Paul ? n'en parlons plus jamais.

— Jamais! cela est impossible.

— Prends garde : il y a des choses qu'il
ne faut point savoir, ou qu'on ne peut jamais oublier. J'ai bien réfléchi, je ne me
crois pas obligée de te les dire; mais si
elles t'étaient connues, tu serais obligé d'en
tirer de terribles conséquences : n'en parlons point, Paul.

— Il faut que je sache tout : ne me faites
pas languir, ma mère.

— Prends garde à ce mot, il faut; sou-
viens-toi qu'il entraîne bien d'autres paroles
à sa suite.

— Je le veux.

— Tu le veux!... à la bonne heure. Je ne

puis pas trop dire que tu aies tort. Entends-
moi donc. Après l'affaire d'Antisanti, Claire
était revenue chez elle avec son père. Ils
avaient amené un prisonnier blessé : ils
l'ont soigné, ce qui était bien ; et puis ils
l'ont gardé dans leur maison. Il y demeurait tout le temps que Savério était aux
champs ; il y restait le soir, et passait les
heures auprès de Claire. Cela n'était plus
bien. On les a vus ensemble : elle l'écoutait ;
puis, quand Lucien est revenu, force était
que l'étranger partît. Claire a fait dire une
messe pour son bon voyage ; et l'étranger
lui a donné un mouchoir de soie, brodé
d'argent, qu'elle a mis à côté de son livre
de prières. Comprends-tu pourquoi il ne
fallait pas m'interroger?

— Oui, je le comprends, ma mère.
O mon Dieu ! mon Dieu !

— Et que feras-tu?

— Ce que je ferai, je ne me marierai jamais, et tâcherai de l'oublier.

— Comment dis-tu, Paul? oublier! est-
ce que ce n'est pas là une injure? est-ce que
tout le monde n'a pas su que Paul Trémadino aimait Claire Catalanzi? est-ce que depuis Vico jusqu'à Poggiola l'on n'était pas
déjà préparé à célébrer le mariage? est-ce
que tu n'avais pas l'agrément de notre
chef, don Louis Giafféri? Oublier! tu n'y
penses pas.

— Peut-être. Mais croyez-vous donc qu'il
soit si facile de résister à un coup comme
celui-là?

— Je voulais ne te rien dire, et tu as
voulu savoir; je t'ai prévenu que ce que je
devrais t'apprendre entraînerait des conséquences funestes, et tu as encore voulu le
savoir. Maintenant, la révélation est accom-
plie, les conséquences doivent l'être.

— Vous avez raison, ma mère.

— Oui, j'ai raison, parce que je ne suis
pas une mère lâche et sans courage, parce
que j'ai gardé vingt-cinq ans l'honneur
de la famille, et que je veux le garder
encore.

— Ah! que ne puis-je trouver le traître
qui s'est fait aimer d'elle! avec quelle joie
je l'appellerais au combat! avec quelle ardeur je lui arracherais la vie!

— Si c'était un homme du pays, tu ferais
bien et tu serais dans ton droit; mais ce n'est
que du hasard que tu peux espérer le bonheur de le rencontrer, puisqu'il est étranger
et qu'il a quitté Venzolasca. Cherche-le,
tâche de l'atteindre : cela sera naturel. Mais,
jusque là, Claire Catalanzi conservera-t-elle
le renom qu'elle ne mérite plus? nos jeunes
filles lui feront-elles place à l'église? et nos
jeunes gens se prépareront-ils, par les hommages qu'ils lui rendront, aux railleries dont
ils ne peuvent manquer de t'accabler?

— Des railleries! ne dites pas cela ! Claire
ne s'est pas raillée de moi.

— Qu'a-t-elle donc fait, je te prie? Soi-
gner un ennemi, passer avec lui les heures
de solitude, recevoir ses présents, ne songer à l'éloigner qu'au retour de son frère,
et prendre pour tout cela le temps de ta
captivité : est-ce là t'aimer et t'être fidèle?

— Vous me percez le cœur, car je l'aime!
et je vois cependant ce qu'il faut faire.

— Tu l'aimes! tu aimes encore une fille
qui reçoit les dons d'un autre, qui va dans
l'église prier pour un autre! Ne te souvient-il
plus de ce qu'est l'honneur du pays, l'honneur de notre maison?

— Je m'en souviens, ma mère, et n'ai pas
donné sujet de croire que je pusse y manquer.

— Et tu commencerais aujourd'hui !
Écoute bien, Paul. Il y a vingt ans que
j'ai perdu ton père : tu avais cinq ans alors,

et ton frère Guido en avait six. Un habitant de Castifao, le frère de Jérôme Ampugnani, avait tué mon mari aux rochers de Saint-Florent. On me le rapporta mort. Je fis ce qu'une femme Corse doit faire. Je pris sa chemise sanglante, je la plaçai dans notre grande chambre devant notre madone; et chaque matin, avant que ton frère Guido ne fît sa prière, je lui disais : Ceci est la chemise de ton père assassiné. Quand Guido fut grand, il me demanda qui avait été le meurtrier de son père; et je ne voulus jamais lui répondre, parce que ce n'était pas mon devoir de désigner un homme à ses coups. Ma tâche était remplie quand je l'avertissais de ce qu'était la sienne. Il la comprit. Il adressa des questions à d'autres; et lorsqu'il eut accompli ses dix-huit années, il prit le fusil de son père, et la dette du sang fut payée. Il m'en a coûté cher; car, au lieu de prier seulement pour le père, j'ai

eu, pauvre veuve et pauvre mère, à prier
pour le père et pour le fils. Mais l'enfant
était mort, digne de celui qu'il avait vengé,
digne de toi qu'il laissait pour porter un
nom sans tache. Je n'ai pas eu besoin de te
dire qu'il fallait venger ton frère sur les
Génois; et ton jeune courage a couru au-
devant des ennemis et des dangers. Je te
dis aujourd'hui, parce que j'ai besoin de te
le dire, que tu ne peux être insulté par personne, et que si l'amour arrête ta main,
encore faut-il que tu témoignes comment
tu supportes une offense.

Paul baissa tristement la tête, et demeura
quelques moments sans parler.

—Il faut pourtant que je la voie! dit-il enfin.

— La voir! mais si tu la vois et que
tu cèdes à ta folle passion, tu te couvriras et tu nous couvriras tous de honte.
Si tu conserves le sentiment de ce que tu
dois à la mémoire de ton père et à moi-

même, tu lui témoigneras un mépris.....

— Ah! ne prononcez pas le mot de mépris
en parlant d'elle!

— Et le mépris, qui n'est qu'une insulte
prolongée, ne convient ni à toi, ni à personne. Parmi nous, l'on dit ce que l'on
pense, et l'on fait ce que l'on dit. Songes-y
bien, Paul.

— Il faut que je la voie, ma mère. Mais
je l'ai trop aimée pour ne pas la haïr, si son
infidélité m'est prouvée. Laissez-moi passer
deux jours avec vous : dans deux jours, je
saurai ce que je dois faire.

— Va! ton père n'eût pas attendu deux
jours.

— Vous n'aimiez pas Claire, alors même
que je la voulais pour femme.

— Ingrat! je l'aimais de toute ma tendresse pour toi et de toute ta tendresse pour
elle; mais je t'aime mieux que toutes les
filles de l'île.

— Et peut-être notre honneur plus encore que moi?

— Ai-je tort, mon fils? Et tant que tu
voudras écouter ma voix, ne dois-je pas te
parler au nom de ceux qui t'ont précédé
dans la vie, et même au nom de ceux qui
te suivront et que je ne verrai pas peut-être?

— Vous ne pouvez jamais avoir tort avec
moi, ma mère; mais je puis bien souffrir,
même en reconnaissant la nécessité à laquelle je me soumets.

— Quoi! tu supporterais son abandon?

— Encore une fois, non : et vous savez
bien que le séducteur le paiera de son sang;
mais elle!...

— Même au temps des martyrs, leur sang
versé ne lavait que leur propres souillures.
Ce n'est pas la vie de la jeune fille qui doit
répondre de sa faute : le sang ne se donne
que pour le sang, mais l'honneur se donne
pour l'honneur.

— Dans deux jours, ma mère.

CHAPITRE XII.

Le samedi qui suivit, Paul arriva, en effet, à Venzolasca. La distance qui sépare ce bourg des ruines de Mariana semble peu considérable; mais Paul était si cruellement agité qu'il mit un assez long temps à la parcourir. Tantôt il s'arrêtait

immobile, les yeux fixés vers la terre, et
livré aux plus sombres pensées; tantôt il
rejetait loin de lui les soupçons et marchait
d'un pas plus ferme; tantôt son courroux
reprenait le dessus : il précipitait sa course,
comme s'il eût été pressé de punir. Après
avoir traversé le Golo et remonté le cours du
ruisseau qui vient, de droite, mêler ses
eaux à celles du fleuve, il s'arrêta encore.
Venzolasca se montrait à ses yeux sur le
haut de la colline, avec son église, ses
maisons étagées les unes au-dessus des
des autres, et ses toits rougeâtres. Paul
avait tant de fois franchi cette colline avec
joie! et maintenant qu'il allait revoir Claire,
c'est avec un si sombre chagrin qu'il se dé-
cidait à faire les derniers pas! Sa résolution
était prise cependant. Il n'avait plus même
eu besoin des conseils de sa mère. Il s'était
dit qu'il avait été trompé dans sa foi, ou-
tragé dans sa fierté; il s'était dit que Claire

était indigne de lui : et, ce mot prononcé,
la punition devait suivre. A peine un reste
d'amour combattait-il encore pour obtenir, sinon de l'indulgence, au moins de
la pitié, en faveur de celle qui avait été si
long-temps l'arbitre de sa vie. Il voulait
bien l'entendre, il voulait surtout la voir,
mais il était décidé presque à ne pas la
croire : car il la jugeait trompeuse, et, dans
les âmes ardentes, tout ce qui est faute se
pardonne, hormis le mensonge. L'amour
ne serait rien s'il n'était sincère. Les anciens ont donné à l'amour physique la
beauté physique pour mère ; au noble et
véritable amour, c'est la foi qu'il faut pour
compagne. La jalousie, dont on a fait une
passion, n'est que la première dégradation
de l'amour.

Enfin, Paul monta jusqu'à la maison
des Catalanzi, gravit l'escalier de la ter-
rasse, ouvrit une barrière, tourna autour

d'un petit groupe d'arbres et d'arbustes,
passa sous une petite allée sombre , allon-
geant toujours son chemin pour reculer la
douleur qu'il pressentait d'avance; puis, il
tressaillit subitement : il se trouvait en présence de Claire. Elle était occupée à façon-
ner, entre deux épingles d'argent, un mouchoir de soie broché que Paul ne vit pas
d'abord.

— Bonjour, Claire, dit-il d'une voix al-
térée.

—Vous! vous ici! répondit-elle; après un
si long temps! Oh! que l'on sera heureux de
vous voir! Qu'il y a long-temps que vous
manquiez à vos amis !

— Est-il bien sûr que je leur manquais en
effet?

— Et d'où venez-vous? En ces temps de
trouble, on est si souvent jeté les uns loin
des autres !

— En ces temps de trouble, chacun a

ses devoirs, et chacun, aussi, ses malheurs. J'ai rejoint les hommes de Poggiola, seulement à l'instant de l'attaque d'Antisanti; j'y ai été fait prisonnier et conduit à Bastia. Les Génois voulaient me mettre à mort; on m'a fait grâce.....

— A la demande d'un gentilhomme Français! s'écria Claire.

— Oui : comment le savez-vous?

— Oh! c'est lui, j'en suis sûre!

— Lui! Qui, lui?

— Le chevalier de Montry.

— Ah! c'est là son nom! celui qui était prisonnier parmi vous! qui a passé ici quinze jours! pour qui vous avez prié!

— Oui, oui, et qui aura obtenu généreusement votre grâce.

— Ma grâce! Malédiction sur qui l'a sollicitée et sur qui l'a vendue! Cette misère me manquait à moi, cet opprobre à vous.

— Que dites-vous? et qu'osez-vous dire?

— Adieu, Claire Catalanzi ; tu me reverras et ton Français aussi.

En disant ces mots, il franchit le jardin, s'élança par-dessus la barrière et disparut.

Claire demeura interdite, muette, ne comprenant ni son courroux, ni sa menace, ni sa fuite. Innocente et pure qu'elle était, se trouvant au-dessus des soupçons, parce qu'elle n'en avait mérité aucun, elle avait été d'abord toute à la joie de revoir Paul ; elle restait confondue de la colère qu'il avait montrée, et se promit bien de rechercher une explication sincère et prompte qui ne laissât aucun nuage entre eux. Elle aimait Paul, et se l'avouait à elle-même, quoiqu'elle ne l'avouât à personne ; mais elle n'aurait souffert ni un doute, ni une incertitude, pas plus de la part de celui qu'elle aimait, que de la part d'aucun homme ou d'aucune femme de la contrée. Elle réfléchit toute la nuit à ce qui venait d'arriver ; et comme en

s'examinant avec attention elle ne d'écou-
vrait rien qui eût pu justifier le mécnten-
tement de Paul, elle conclut d'abord que
ce mécontentement serait passager, ensuite
qu'il fallait en faire repentir le coupable.

Elle se leva, et alla se regarder dans une
petite glace qu'un de ses oncles, chanoine
de Sartène, lui avait donnée en présent.
Elle se trouva jolie, ce dont elle se sut bon
gré, et résolut d'être plus jolie encore, pour
mieux faire sentir à Paul les torts qu'il avait
eus. En conséquence, elle mit sa belle jupe
des dimanches, acheva de disposer en coiffure le beau mouchoir broché de fleurs
d'argent que lui avait rapporté Lucien de
la part du chevalier, se fit un bouquet des
premières fleurs du printemps ; et quand
l'heure de la messe fut sonnée, elle s'en
vint, jolie comme un jeune ange et toute
radieuse de l'être, à l'église où son père et
son frère l'accompagnaient.

Toute la population de Venzolasca et
celle des hameaux voisins assistaient,
comme de coutume, au saint sacrifice.
Bien des hommes admirèrent la beauté de
Claire; bien des femmes peut-être la trou-
vèrent trop belle. Claire s'en apercevait,
non sans quelque joie; et son regard baissé
cherchait cependant si Paul n'était pas là
quelque part, s'il ne la voyait pas, s'il ne
remarquait pas combien elle était admirée
à l'église.

Paul ne paraissait pas. L'office avançait.
Les prières furent dites, la consécration
prononcée, l'hostie offerte, et les dernières
oraisons faites en commun par le prêtre et
les fidèles. Il fallut sortir. On quitta la nef;
et tout ce qui naguère remplissait l'église
se répandit sur la place, devant le portail,
pour interroger, pour voir, pour causer des
nouvelles de la guerre ou de celles des familles. Claire sortait presque la dernière;

Lucien était à quelques pas dans la place;
Savério causait encore près de l'autel avec
un des chefs du village. Au moment où
Claire se trouvait sur le haut de l'escalier,
devant la porte de l'église, à la vue de tout
le monde, un homme s'approche d'elle
précipitamment : c'était Paul. Il la saisit
par le bras, et élevant la voix :

— Regardez tous, s'écrie-t-il, regardez
cette fille : elle a trahi la parole donnée;
elle a rompu les nœuds formés entre nous ;
elle s'est donnée à un Français : honte à
cette fille !

— Paul ! Paul ! balbutia Claire éperdue...
Mais lui, d'une voix plus forte encore :

— Vous savez tous si je l'aimais ! Eh bien!
qu'elle soit punie !

Il dit, et arrachant le mouchoir qui couvrait la tête de Claire :

— Cette parure étrangère est la preuve
de son crime : qu'elle soit foulée aux pieds

comme sa parure, et que la honte qu'elle
a méritée s'attache à son nom!

Un cri de réprobation suivit ses paroles.
Tout Venzolasca avait été témoin de la con-
duite de Claire; et personne n'avait, un seul
instant, eu de soupçons sur elle. Hors un
neveu de Jérôme Ampugnani, qui avait
servi d'interprète aux récits mensongers
que celui-ci faisait transmettre à Élisabeth
Trémadino, aucun habitant ne doutait que
la jeune fille ne fût restée tout ce qu'elle
devait être, et que l'hospitalité n'eût été
respectée. Mais Paul n'entendit ni ce cri
ni ce murmure : il disparut au moment où
Lucien, s'élançant sur le haut des marches,
allait le frapper d'un coup mortel. Il gagna
le dehors du village, descendit comme
un insensé le long de la colline, et se jeta
dans la montagne au milieu des fourrés les
plus épais.

Cependant Claire était tombée évanouie.

Savério, averti par la clameur populaire,
accourut du fond de l'église. Mille voix
confuses lui expliquèrent l'outrage et
lui dénoncèrent l'offenseur. Son visage
se couvrit d'une rougeur soudaine. Il arracha violemment son stylet de sa cein
ture et le leva sur le sein de sa fille ; mais
Lucien se jeta au-devant de lui ; et le curé,
qui l'avait suivi, revêtu encore des habits
sacerdotaux, arrêta son bras égaré. Lucien
releva sa sœur ; une ou deux femmes qui
étaient là vinrent à bout de lui rendre l'u-
sage de ses sens. Tout le peuple, qui couvrait la place, suivait d'un ardent regard et
avec un murmure d'indignation chaque
mouvement de cette cruelle scène. Claire
était enfin revenue à elle ; et son premier
mouvement fut de se jeter aux pieds de son
père.

— Non, s'écria-t-elle, non, je ne suis pas
coupable !

— Parlez au curé d'abord, répondit Savério : le voilà qui peut vous entendre.

— Eh bien! donc, entendez-moi, vous qui êtes aussi un père pour nous tous, dit la jeune fille ; entendez-moi, vous le pouvez.

— Savério, dit le prêtre s'avançant sur le palier de pierre de l'escalier, et à la vue de tous les assistants, n'aviez-vous jamais conçu de craintes sur ce qu'on vient de reprocher à Claire?

— Une fois seulement ; qu'elle vous dise si elle était innocente.

— Je l'étais ce jour-là : je le suis aujourd'hui.

— Comprenez bien mes paroles, mon enfant, reprit le curé. Vous êtes ici comme au saint tribunal, car je viens d'offrir le sacrifice de la messe, et vous y avez pris part. Vous êtes fille, et devant votre père, catholique, et devant votre Dieu. Au nom de votre père qui vous voit, au nom du Dieu Très-Haut qui vous écoute, au nom du pardon que tous deux accorderaient à votre repentir, étiez-vous, êtes-vous coupable, même d'imprudence, ou pouvez-vous vous dire entièrement innocente?

— Je suis entièrement innocente; et je vous le jure par la vie de mon père, et sur la part d'indulgence que j'attends.

Claire, en ce moment, était agenouillée devant le curé, comme si elle eût été au tribunal de la pénitence. Derrière le prêtre, des enfans de chœur tenaient encore le vase dans lequel est renfermée l'eau sainte. Lucien, le fusil à la main, les yeux fixés sur sa sœur, suivait chaque parole qui sortait de sa bouche; et Savério debout semblait interroger avec une anxiété terrible, et l'enfant, et le pontife, et le peuple même qui couvrait les deux rampes de l'escalier et remplissait la place. Un silence solennel régnait parmi cette foule d'hommes et de femmes à l'énergique visage. Le curé s'avança, et soulevant le bout de sa chasuble qu'il plaça sur la tête de Claire :

— Elle est innocente, dit-il à voix haute, innocente et pure, et digne de vous. Savério, reprenez votre fille.

Un cri de joie sortit de toutes les bouches. Lucien, relevant sa sœur, la jeta dans les bras de son père ; le curé baissa ses mains sur eux ; mais Claire perdit de nouveau connaissance : on la transporta dans l'église dont les portes furent refermées ; Savério et son fils restèrent seuls sur cette petite plate-forme et sous les yeux de leurs concitoyens.

Alors, Lucien, retournant le fusil qu'il portait en bandoulière, le fit passer devant lui, il tira ses deux stylets qu'il plaça d'une manière apparente dans sa ceinture, il arma ses pistolets, et resserra sa cartouchière. Savério l'examinait sans mot

dire, d'un air aussi sévère et d'un front
aussi menaçant; puis enfin :

— Que tout ce qui est ici demeure témoin
de nos actions et dépositaire de nos paroles,
dit-il. Je déclare que Lucien Catalanzi,
mon fils, est chargé et se charge de venger
l'affront qui nous a été fait. S'il est sur
cette place quelque parent ou allié de
Paul Trémadino, Paul Trémadino doit être
averti que Lucien Catalanzi le cherchera
pour que son sang expie son outrage. La
vengeance est déclarée; nous avons bon
droit : que Dieu nous protège!

Tous les assistants répétèrent : Que Dieu
vous protège!

Comme ils disaient, un grand bruit re-
tentit du côté de la mer, et dix coups de
canon se firent entendre.

CHAPITRE XIII.

Cette détonation d'artillerie partait d'un vaisseau Livournais, mouillé dans les eaux d'Aléria, et qui s'y maintenait avec quelque peine, la mer étant dans cet endroit assez forte, et la plage basse et sablonneuse. Au bout de trois heures, le même signal fut répété. Cette fois, le petit fort d'Aléria y répondit par deux coups de chacune des

mauvaises pièces de fer qui garnissaient son
rempart délabré ; et un officier porté dans
un canot se détacha du bâtiment, et vint
aborder à l'embouchure du Tavignano. Il
monta au fort, en redescendit après quelques délais, et se dirigea de nouveau vers
son navire, où l'on paraissait l'attendre
avec beaucoup d'impatience. Pour lors, un
pavillon, le pavillon national de Corse, fut
hissé à la tête du bâtiment. Un coup de
canon fut tiré pour l'assurer ; et des chaloupes chargées de monde vinrent, con-
duites par des rameurs vigoureux, prendre
terre un peu au-dessous d'Aléria.

Depuis que la première décharge s'était
fait entendre, un grand nombre d'habitants
étaient accourus sur ce rivage inhabité. On
y était venu des Pièves voisines, des montagnes, des villages éloignés. Les hommes de
Venzolasca même ayant Savério à leur tête,
ceux même de la marine de Prunetti, ceux

des bouches du Golo qui amenaient les premiers sur leurs barques, des bergers tenant
en main leur houlette, si droite et si bien armée de fer qu'elle ressemble à une lance, des
femmes à la jupe de couleur, des laboureurs
au long fusil, se pressaient sur le sable, ou
se groupaient autour des myrtes à haute
tige et des genêts, arbres de ces contrées.
Quelques soldats mieux armés étaient au
milieu d'eux, si toutefois on doit donner
le nom de soldats à des hommes à peine
arrachés de leurs travaux par le danger, et
prêts également, selon que leurs chefs l'or-
donneraient, à rentrer dans leurs cabanes
ou à retourner sur les champs de bataille ;
et parmi ces soldats, Hyacinthe Paoli et
Louis Giafféri, vêtus à peu près comme
leurs compagnons, et Thomas Orticone,
couvert de son habit ecclésiastique, tous
les trois assis sur un morceau de rocher,
autour duquel serpentait un énorme cactus,

tous les trois graves, mais inquiets, silen-
cieux, mais agités, les yeux fixés sur là
mer, et le cœur occupé de soucieuses pensées. Ces armes et ces houlettes, cet ecclé·
siastique, ces femmes et ces guerriers, le
sable et les eaux écumantes, les mackis et la
mer, des visages énergiques et un ciel de
feu, tout cela était la Corse, la Corse sauvage et généreuse, ardente et hospitalière,
la Corse qui venait au-devant d'une destinée
nouvelle, assez fière pour se confier à qui
n'était pas digne peut-être de la recevoir.

Les chaloupes ayant touché le rivage,
quelques hommes en descendirent d'abord,
vêtus d'un uniforme de fantaisie qui parti-
cipait de celui de Toscane et de celui de
Sardaigne, puis quelques laquais en grande
livrée rouge, noire, et or. Ceux-ci causèrent
un véritable étonnement à la population ré·
pandue sur le rivage; et leurs culottes ga-
lonnées, leurs boucles, leurs chapeaux à

trois cornes, furent tout d'abord le sujet
d'un murmure qui exprimait autre chose
que de la curiosité. Après cette livrée, ve-
naient deux estafiers mores portant des
étendards : l'un aux armes de la Corse (1),
l'autre avec une chaîne d'anneaux d'argent
brodée sur un fond de sable (2) ; ensuite une
façon d'écuyer, tenant une épée d'une main
et une bourse de l'autre ; et quelques officiers pareils aux premiers qui avaient
paru. Derrière ce petit monde, moitié cour-
tisan, moitié militaire, s'avançait gravement
un homme de quarante ans environ, d'une
figure assez spirituelle, quelque peu hardie,
les yeux noirs, les cheveux poudrés, vêtu d'un
justaucorps de velours bleu broché d'or,
avec des culottes pareilles et des bas de soie
gris brodés, une épée au côté, sur la tête
un chapeau à trois cornes, surmonté d'une

(1) Une tête de More en champ de gueules.
(2) Ce sont les armes du baron de Neuhoff.

aigrette blanche, et par dessus son justaucorps, une robe à la turque, d'une étoffe
magnifique, rattachée autour de la taille
par une ceinture tissue d'or. De dix pas en
dix pas, son écuyer puisait dans la bourse,
et jetait autour de lui des poignées de menue
monnaie que personne ne songeait à ramasser ; et de temps en temps quelqu'un
des officiers qui marchaient devant lui ré-
pétait à haute voix le cri de : « Vive Théodore ! vive Théodore le libérateur ! »

A mesure que défilait ce singulier cortége, les paysans s'entre-regardaient, les enfants montraient du doigt à leurs mères les
habits des laquais ou la robe turque de
Théodore ; et les mères ne songeaient
guère à les réprimander, car elles ne com-
prenaient pas trop ce qui s'offrait à leurs
yeux. Les hommes qui étaient accourus,
l'œil curieux et le visage ouvert, s'assom-
brissaient sans mot dire. On leur avait an-

noncé un capitaine, un chef, un libérateur
qui combattrait avec eux, qui leur appor-
terait des armes et des trésors : ils ne
voyaient qu'un valet, leur jetant, comme
aumône, un argent dont ils se sentaient
humiliés, quelques armes que l'on char-
geait, sans trop de précaution, sur des
chars à bœufs, et un homme dont la coiffure et la robe n'inspiraient ni le respect ni
la confiance.

Théodore s'avançait cependant avec une
gravité qui ne se déconcertait de rien,
sans faire attention à l'air de surprise des
Corses, et sans s'étonner que les accla-
mations eussent fait place au silence. Giafféri, Orticone, Paoli, après eux Savério et
les pères des communes se présentèrent;
il leur tendit la main, avec l'intention évi-
dente qu'ils la baisassent. Giafféri la prit par
un mouvement assez vif, et, au lieu de la
baiser, il la secoua.

— Que fais-tu? dit rapidement Orticone, placé près de lui : on nous regarde.

— Je ne puis faire davantage, répondit
aussi précipitamment Giafféri, sans quitter
la main de Théodore.

— Et ce soir, personne ne lui obéira,
ajouta le chanoine.

Giafféri fronça ses noirs sourcils avec un
visible effort; puis, au même instant, il
s'inclina, pressa respectueusement la main
de Théodore sur sa poitrine, et se retira.
Orticone et Paoli l'imitèrent; et tout ce qui
était là s'inclina, lorsqu'on eut vu les trois
chefs du pays rendre au nouvel arrivant
ce solennel hommage. Les officiers répétèrent leur cri auquel enfin quelques voix répondirent, et le cortége se remit en marche.

Les trois chefs étaient demeurés seuls
en arrière.

— Eh bien ! dit Paoli avec un profond
soupir, qu'en pensez-vous après l'avoir vu?

— Cet homme ne saurait être roi ni capitaine, dit Giafféri.

— Et maintenant, pourtant, reprit le
chanoine, les choses sont trop avancées
pour être remises en doute. Que pouvons-
nous faire, sinon le soutenir et le pro-
clamer?

— Et s'être engagé à le servir! s'écria
Giafféri.

— A le servir! non, dit Paoli; mais servir, en sa personne, la Corse qu'il repré-
sentera désormais.

— Les anciens Romains, ajouta Orticone, avaient lié une poignée de foin autour d'une pique; et, pour méprisable
qu'il fût, ce grossier étendard ne les en
conduisit pas moins à la victoire. Celui-ci,
du moins, a devant lui les armes de notre
patrie, nous combattrons pour elle, et si
nous sommes vainqueurs, la Corse n'en
sera pas moins délivrée.

—Il faut donc qu'elle le soit! dit Paoli;
ce serait trop de donner sa liberté sans
acquérir son indépendance.

—Pauvre Corse! ajouta Giafféri avec
un long soupir, et en répétant ce qu'il
avait dit une autre fois; tu méritais pourtant mieux de tes enfants!

Et ils suivirent à leur tour le chef qu'ils
s'étaient si douloureusement donné.

De leur côté, les habitants des villages
rentrèrent dans leurs demeures; les femmes et les enfants retournèrent au milieu
de leurs familles; on reprit le cours des
occupations ordinaires; et, seulement le
soir, quand avaient cessé les travaux de là
journée, quand les enfants et les pères se
trouvaient réunis autour d'un large brasero
de fer rempli de charbon, que la fraîcheur
rendait encore nécessaire, on parlait de
l'arrivée de l'étranger. Beaucoup de pays,
et, dans le nôtre, beaucoup de provinces

avaient des veillées où les jeunes filles se
rassemblaient, où se chantaient de vieilles
chansons, où se répétaient de merveilleux
contes dans lesquels les fées à la baguette
bienfaisante, les méchants seigneurs, ou
les enchanteurs amoureux, tenaient toujours leur place : c'étaient encore de curieux et respectables restes de ces mœurs
du moyen âge, mœurs véritablement nationales parmi nous, qui mériteraient quelque chose de mieux que de servir de texte
à des faiseurs de romans ou de déclama-
tions à des faiseurs de phrases. Chaque
jour, pourtant, ces souvenirs se perdent
ou s'altèrent. En Italie, les traditions poétiques remplissent les belles soirées, ou char-
ment les loisirs fatigués du pêcheur ou du
gondolier. Chacun de nous a pu entendre
des vers de l'Arioste ou du Tasse, répétés
encore de loin en loin par quelque conduc-
teur des rares gondoles de Venise, par

quelque vieux matelot des barques de Cas-
tellamare. Et, plus d'une fois, aux bords
du golfe de Naples, lorsque venait le soir,
et que le ciel, coloré encore par la chaleur
qui suit le jour, n'était pas encore éclairé
par la lune, lorsque les flots reposaient
sous une lueur douteuse, lorsque descendaient doucement le repos animé et l'ombre lumineuse qui contribuent à l'enchan-
tement de ces beaux rivages, plus d'une
fois moi-même, me glissant sur le sable,
à l'abri de la pyramide mobile d'un ven-
deur d'eau glacée, j'ai, pendant des heures
charmantes, écouté les récits empruntés
aux poëtes et répétés aux matelots de Mer-
gellina, les hauts faits de Roland, les dou-
leurs de Genièvre, ou les mélancoliques
amours de Zerbin; puis, de temps en
temps, après ces récits, quelque strophe
retrouvée entière dans la mémoire du nar-
rateur, quelque comparaison de la jeune

fille et des roses, qui faisait sourire les jeunes garçons, quelque combat de Roland
ou de Ferragus, qui jetait les jeunes filles
dans une admiration bruyante; puis, tandis que le conteur reprenait son discours,
la lune se levait, les flots se couvraient de
lumière et prenaient une voix pour saluer
la nuit; le ciel se revêtait de sa tiède fraîcheur, et versait, de toutes parts, je ne sais
quelle invisible harmonie; de légères vapeurs s'élevaient du sein du Vésuve; de
suaves odeurs descendaient des collines,
comme pour s'unir à cette émotion de la
nature; les récits s'achevaient, les grands
combats et les grandes amours demeuraient
dans la mémoire et dans le cœur, et une
courte prière adressée à la madone la plus
voisine terminait cette soirée poétique et
féconde.

La Corse n'a pas cette poésie des chants;
elle n'a pas même celle des aspects et

des paysages, car les siens sont incultes,
sauvages peut-être, malgré son ciel Italien; mais elle a le culte des souvenirs;
mais les veillées de ses cabanes ont des récits et des auditeurs, récits d'histoire et
non de fables, vieux souvenirs de la vieille
patrie, redits par les grands-pères aux enfants, non seulement pour faire passer les
heures, mais pour les diriger dans le cours
de leur vie; leçons des anciens temps don-
nées aux temps à venir, et qui sont écoutées
et retenues d'âge en âge. Là, on dit, confusé-
ment sans doute, mais on dit comment la
Corse a été reine, et comment elle est deve-
nue esclave; on parle de Ugo Colonna, de
Sampier d'Ornano ou de Vincentello d'Istria; on fait retentir les noms de Morosaglia, de Bastelica ou de Rostino. Quand la
veillée est faite et que l'on va regagner sa
couche, on ne sait assurément pas les hauts
faits ni l'histoire, mais on sait qu'il y a eu en

Corse des hommes qui l'ont défendue, des guerriers qui sont morts pour sa liberté; on sait que l'on a eu des aïeux, qu'on a une patrie, qu'on aura un honneur ; et quand les hommes ont ce sentiment dans le cœur, mettez-leur un fusil sur l'épaule, donnez-leur ensuite leur pays pour juge et Dieu pour recours, et vous pressentirez ce qu'ils peuvent être.

Les Corses demeurèrent un peu étonnés du roi Théodore.

CHAPITRE XIV.

Après la délivrance de Paul Trémadino,
le chevalier de Montry s'était mis en route,
ainsi qu'il l'avait annoncé, pour aller à
Saint-Florent, à Calvi, et peut-être jusqu'au
golfe de Sagonne. Son équipage, qu'il avait
refait à Bastia, se composait de quelques

petits chevaux, dont un de bât, d'un pale-
frenier italien, et d'une façon de valet français, appelé Lazare, qu'il avait rencontré sur
le port de Bastia, et dont il s'était assez lé-
gèrement accommodé. Lazare était un des
derniers représentants de cette race d'hon-
nêtes gens auxquels Hamilton a donné
l'immortalité dans la personne de Termes.
Il avait passé long-temps à Paris, au service des demoiselles de l'Opéra ; puis il était
devenu vivrier, comme on disait alors, par
la protection d'un laquais de M. Duverney.
En Italie, il s'était fait prendre la veille
d'une bataille : un seigneur Milanais l'a-
vait emmené à Gênes, où il avait été valet
de place ; et le chevalier, qui s'était servi de
lui durant son séjour à Gênes, l'ayant retrouvé à Bastia, avait consenti d'autant plus
volontiers à le prendre, que Lazare avait toujours à lui faire mille récits de Paris et des
belles dames qu'il y avait laissées.

Le voyage de M. de Montry s'était assez
bien passé, quoique dans une solitude
presque complète. Il avait traversé la
Balagne couverte d'oliviers, avait gagné
Calvi; puis, étant remonté vers le nord
pour aller inspecter le golfe de Saint-Florent, sans avoir l'air de faire une reconnaissance en règle de ce point important,
il songeait à longer le cap Corse, afin de
s'assurer de la position des petits forts qui
le défendaient, quand un accident le força
de revenir à Bastia. Il y rentra en effet; et
peu après son retour, il alla voir le provéditeur Rivarola, qu'il trouva sortant de l'é-
glise des Jésuites. Rivarola le retint à dîner.
Le repas fut assez long, mais peu animé,
le provéditeur avait l'air soucieux; et dès
qu'ils furent seuls :

— Vos amis les Corses sont plus endia-
blés que jamais, dit-il; en avez-vous ren-
contrés encore et qui vous touchassent au-

tant le cœur, durant votre course en Balagne?

— J'en ai rencontré assurément, car, sans cela, je serais mort de faim.

— Et venez-vous encore me demander la grâce de quelque honnête homme qui s'en ira courir la montagne?

— Non, je n'ai point de grâce à vous demander : mais je ne sais ce que vous entendez par courir la montagne.

Rivarola lui expliqua ce qui s'était passé entre Claire Catalanzi et Paul Trémadino, comment l'affront avait été public, comment la vengeance avait été déclarée, et comment Paul s'était réfugié dans la chaîne des monts, du côté de Rostino.

— Il sera bientôt pris, dit M. de Montry, si Lucien est à sa poursuite, et si les villages envoient contre lui.

— Vous ne connaissez pas encore leurs mœurs, répondit le Génois : les villages ne feront rien; c'est là une querelle person-

nelle, à laquelle ils ne prendront point
part. Aussi long-temps que Lucien vivra,
la vengeance ne regardera que lui ; s'il était
tué par Paul, le vieux Savério prendrait
probablement sa place ; et, si Savério suc-
combait, à son tour, quelqu'un de ses parents accepterait la tâche commencée.
Mais la justice, je veux dire celle des lois,
est impuissante en tout ceci, parce que ces
hommes se gouvernent d'après leur justice
à eux, justice barbare, si vous voulez, et
que je qualifierais bien plus sévèrement si
l'on pouvait nous entendre, mais efficace,
infaillible, et qui appartient exclusivement
à leurs mœurs. A vos yeux et aux miens,
Lucien, s'il tue Paul, sera coupable d'assas-
sinat : aux yeux de ses concitoyens, il n'aura
commis qu'une action fort simple. Le ferai-
je poursuivre ? il gagnera la montagne, à son
tour ; et pour lors, chaque chevrier, chaque
pâtre, chaque jeune fille allant d'un hameau

dans un autre, lui serviront d'espions ou
de pourvoyeurs. Au moment où je vous
parle, Paul Trémadino est aussi parfaitement instruit, dans sa retraite, de tout ce
qu'il lui importe de savoir, que s'il était au
milieu de sa famille. Qu'il tue Lucien, ou
que Lucien le tue, le survivant sera pour
la famille du mort un objet de solennelle
vengeance ; pour les autres, il ne sera pas
même un objet de haine. Ce ne sera pas un
brigand, mais un bandit, c'est-à-dire, un
homme hors de la loi ordinaire , mais non
pas hors de l'honneur.

— Et les familles ne recourent pas à la
protection des lois pour faire tomber la
tête de celui qui leur a enlevé leur père ou
leur frère ?

— Loin de là. J'aurais, assurément, en
temps de paix , plus d'un moyen d'atteindre et de punir ; mais la punition infligée
par les lois ne paraît pas une vengeance

aux familles; celle là, disent les savants du
pays, est le fait de la société qui se défend,
mais non l'expiation nécessaire à la famille
qui la réclame.

— Et la république n'a pu réussir à dés-
armer les habitants, à l'époque où elle
était souveraine paisible?

— Elle l'a essayé : quiconque possèdera
l'île l'essayera de même.

— Je n'ai donc qu'à me recommander à
mon patron et au vôtre; car il y a, de par l'île
un coquin qui, parce que je l'ai appelé espion, m'a déjà tiré un coup de fusil, par
suite duquel j'ai été pris. Je crois l'avoir
aperçu de loin, derrière moi, du côté de
Saint-Florent, et probablement je le retrouverai encore.

— Cela est probable, en effet, à moins
que le roi Théodore n'ait levé une compa-
gnie de tous les coupe-jarrets de cette espèce
pour s'en faire des gardes du corps.

— Le roi Théodore? qu'est-ce que ce roi-là?

— Quoi! n'en saviez-vous rien? C'est un roi que les Corses se sont donné.

— Cela n'est pas possible.

— Cela n'en est pas moins certain : un roi en robe de chambre turque et en bas de soie gris, un roi qui a une cour et des ministres.

— Vous vous moquez de moi, monsieur le provéditeur.

— Je me moque tout au plus de la liberté Corse : pour une fille si fière, elle a fait un sot mariage.

— Mais, de grâce, expliquez-vous. Qu'est-ce que ce roi, ces ministres, cette robe de chambre? tout cela ensemble fait un mélange où je ne comprends rien.

— Et pourquoi voulez-vous comprendre? est-ce que les peuples comprennent ordinairement ce qu'ils font? Il est arrivé, par

un bâtiment marchand de Livourne, un
homme en robe de chambre turque, avec
un chapeau à panache et des souliers à boucles de diamants. Il a débarqué près d'Aléria
pour imiter Sylla ; on l'a créé roi pour en
faire quelque chose; et lui, qui a pris l'affaire au sérieux, il a nommé Louis Giafféri
grand général, Hyacinthe Paoli grand trésorier, et le chanoine Orticone chancelier
du royaume.

— Voilà qui est tout-à-fait rare. Il a donc
amené une armée?

— Il a apporté quatre mille fusils.

— Des trésors?

— Six cents paires de souliers et trois
mille sequins.

— Je vous en prie, monsieur le provéditeur, parlons raison.

— Sans vous faire tort, monsieur le chevalier, la raison est plus souvent de mon
côté que du vôtre.

— Mais écoutez : on ne proclame pas un roi parce qu'il apporte six cents paires de souliers et quatre mille fusils; et des hommes comme Giafféri ou Orticone ne consentent pas à servir un aventurier sans quelque secret motif.

— Un aventurier qu'on fait roi s'établit quelquefois précisément par ce qui lui manque; mais ce que vous entrevoyez est précisément aussi ce qui m'inquiète. Il est bien évident qu'aucun des véritables chefs des insurgés ne se serait soumis, s'ils n'eussent voulu, par là, préparer les voies à quelque autre établissement. Cet homme même n'eût pas osé se présenter, s'il n'était soutenu secrètement par quelque puissance ennemie de Gênes. Qu'en pensez-vous, chevalier?

— Je pense que je suis un grand nigaud de n'avoir pas été débarquer au port d'Aléria. Mes amis de Paris m'auraient toujours bien fait une pacotille suffisante pour la royauté.

En vendant ma terre des Hautes-Maisons,
j'aurais eu un fort joli navire et de fort bons
fusils ; je serais roi : on m'appellerait Hector
premier, et je vous ferais la guerre.

— Vous ne pensez pas autre chose ? reprit
le provéditeur en fixant les yeux sur le
chevalier.

— Mon oncle, avait bien raison de dire
que je ne faisais rien à propos, reprit celui-ci.
Voyez la belle occasion : un royaume perdu !
Il n'y avait qu'à se baisser pour le prendre,
et je n'y ai pas songé. Je veux dire cette
histoire au comte de Saxe : nous jouerons
aux trois dés ma Corse contre sa Courlande.
Comment appelez-vous ce roi qui est venu
sur mes brisées ?

— Théodore.

— Eh bien ! Théodore est un usurpateur,
car j'étais arrivé avant lui. Que diable ! ce
ne sont pas là des procédés de gentilhomme.
Est-il gentilhomme ce roi-là ?

— Il est baron, à ce que disent ses flat-
teurs.

— Baron? de quel pays ?

— Baron allemand.

— Baron allemand! Il y a de quoi se
pendre d'être supplanté par un baron allemand.

— Baron de Westphalie.

— De Westphalie! c'est un franc-juge.
Provéditeur, prenez garde à vous! Ah! vous
ne savez pas combien vous perdez, et la
Corse, et la république de Gênes, à ce que
Théodore ait pris ma place! J'aurais été
un roi!.. Et que j'aurais eu bonne grâce à
l'Opéra, ou chez mademoiselle Gaussin!
Vous ne connaissez pas mademoiselle Gaussin, provéditeur? On aurait annoncé partout le roi Hector! Et quels soupers j'aurais
donnés!

— Vous prenez tout ceci bien en plaisan-
terie, dit le soupçonneux Rivarola : la

chose ne sera peut-être pas si gaie pour
M. de Neuhoff.

— Neuhoff! comment dites-vous? Et
quel est celui-ci?

— Eh ! monsieur, vous me feriez perdre
patience. M. de Neuhoff est le baron de
Westphalie, l'aventurier, le roi Théodore.

— Je vous demande pardon, mais il faut
que je m'asseye, ou que vous me souteniez.
A ce coup-ci, je vous le cède : le roi Théodore est Théodore de Neuhoff?

— Assurément.

— Voilà que toute la Corse me doit du
respect. J'ai été le beau-frère du roi... Attendez : non, je dis une sottise. Ah bien !
provéditeur, vous pouvez ajouter quelque
chose au compte de mes duels.

— Est-ce que vous connaissez le baron
de Neuhoff, monsieur le chevalier?

— Si je le connais! demandez à l'Hôtel
de Soissons; demandez aux demoiselles de

l'Opéra; demandez à tous les mousquetai-
res gris et noirs.

— Quoi? le baron de Neuhoff a été en
France?

— Je le crois vraiment bien ; et sa sœur
donc qui était à madame la duchesse d'Orléans? Blonde et de si beaux cheveux! les
yeux bleus et un si doux regard! une taille
de nymphe! une vertu de cour! Je suis sûr
que vous en auriez été amoureux vous-
même.

Rivarola appela un secrétaire, ajouta
quelques mots au bas d'une lettre, et
donna l'ordre qu'on fît sur-le-champ partir
un aviso pour Gênes ; puis, il se rapprocha
d'un air qui voulait être plus ouvert. Le
chevalier se regardait dans une glace.

—Je suis sûr, dit-il au Génois, que la couronne n'ira pas si bien à son visage qu'elle
eût été au mien. Il a eu tort, et je le lui dirai.

— Vous le lui direz! vous comptez donc vous rendre auprès de lui?

— Mais, monsieur le provéditeur, pour qui me prenez-vous, je vous supplie? Voilà un homme avec qui, pendant plus d'un an, j'ai mené la plus agréable vie du monde; un homme qui a une sœur blonde et pour qui je me suis battu trois fois; un homme à qui j'ai enlevé mademoiselle de Tlemcy, et qui vient de m'enlever une couronne! Nous nous trouvons en pays étranger, il devient roi, et vous voulez que je l'abandonne dans sa disgrâce? Fi! cela serait trop mal. J'irai le voir, si vous le permettez, et si l'on sait où il est.

— Il doit être, en ce moment, du côté de Corte.

— Demain, je pars pour Corte. Je ne vous demande point vos ordres.

— Non : mais je désire bien vous revoir au retour.

— Vous pouvez en être assuré : je man-
querais à mon devoir en agissant autrement.

Ils se séparèrent.

— Eh bien ! dit Rivarola en rentrant
dans son cabinet, j'en saurai toujours, par
lui, autant que j'aurai besoin d'en apprendre.

— Voilà, dit de son côté le chevalier
en regagnant son logis, un homme qui a
fait une belle dépêche et une conversation
qui lui a bien profité. Il n'y a que les étour-
dis qui sachent faire de la diplomatie.

CHAPITRE XV.

Le premier soin du chevalier, en rentrant chez lui, avait été d'écrire à Savério la lettre la plus franche et la plus amicale. Il n'essayait pas de lui donner des consolations dont il savait bien que le vieillard n'accepterait aucune; mais il mettait à sa disposition le peu d'appui dont il pouvait disposer; il suppliait Claire et son père de compter sur lui comme sur un frère ou sur

un fils, et de l'appeler dès qu'ils voudraient
le voir. Lui-même, ajoutait-il, aurait couru
auprès d'eux, s'il n'eût craint d'irriter encore leur douleur par sa présence, puisqu'il se trouvait la cause, bien innocente
cependant, de tout ce qui venait d'arriver.
Il se tenait pour obligé envers eux, non
seulement par le souvenir de leur amitié,
mais aussi par le chagrin qu'il avait d'a-
voir contribué à ce malheur qu'il ne lui
était pas permis de venger. Il espérait au
moins que la déclaration unanime de tous
les habitants de Venzolasca, le témoignage
du curé, l'indignation générale avaient assez
fait éclater l'évidence, pour qu'il pût espérer que son retour n'aurait aucun inconvénient; mais il croyait devoir à la jeune
fille et à son père d'attendre leur permission pour reparaître près d'eux; et il demandait avec instance que cette permission
lui fût donnée le plus tôt possible.

Savério répondit que sa fille et lui étaient touchés de la démarche du chevalier; que, loin de lui en vouloir, ils avaient vu avec reconnaissance quel empressement il avait mis à délivrer un Corse condamné à mort; qu'ils ne lui imputaient en rien les soupçons ni l'outrage de Paul, encore qu'il eût semblé en être le prétexte; mais que la convenance, et aussi le violent chagrin de Claire, ne permettaient pas que le chevalier revînt de quelque temps parmi eux. Il pouvait l'assurer cependant que ses amis de Venzolasca comptaient sur lui dans l'occasion, et le priait seulement d'être utile à Lucien, si Lucien, éloigné de la maison paternelle, depuis le jour où la vengeance avait été dénoncée, pouvait avoir besoin de lui.

Cette lettre modifia quelque peu les projets de M. de Montry, et peut-être se fût-il dirigé tout d'abord vers les lieux où il

pensait pouvoir trouver son baron de Westphalie, s'il n'eût cru plus prudent de laisser endormir les soupçons relativement à
ses projets, et d'attendre que les événements
eussent amené quelque chose de plus positif.
Sur ces entrefaites, et à quelque temps de
là, l'on eut à Bastia la nouvelle qu'après
une assez longue suite de combats partiels,
où les avantages avaient été balancés,
Théodore, accompagné du grand général
Louis Giafféri, avait engagé une action
presque générale; que le succès avait couronné ses efforts, que les Génois s'étaient
retirés sans éprouver toutefois de pertes
bien considérables, et que Giafféri était
entré à Corte où Théodore l'avait suivi.

Ce rapport causa plus d'impatience que
de chagrin au provéditeur Rivarola. Il savait
le peu de ressources des Corses; il croyait
bien que tous les efforts de leur courage
ne pourraient aboutir qu'à des succès pas-

sagers. Mais ce roi nouveau qui venait de
remporter un avantage devait, par cela
seul, prendre plus d'influence dans le pays,
y prolonger la résistance, et reculer la pa-
cification de l'île. Rivarola donna sur-le-
champ des ordres pour que tous les arrivages de l'étranger fussent surveillés avec
une extrême rigueur, et de manière à ne
laisser parvenir aux insurgés des secours
d'aucune espèce. Il envoya Meldigozzo
prendre le commandement d'un petit
corps d'éclaireurs destinés à battre le
pays autour de Corte; puis, après quelques réflexions, il fit prier le chevalier de
Montry de se rendre chez lui. Le chevalier, malgré l'impatience qu'il affectait de
partir, s'était subitement attardé de jour
en jour, au gré de quelques belles Génoises
qui maudissaient à Bastia la guerre, et l'é-
loignement de leur patrie. On prétendait
qu'il avait beaucoup de crédit parmi elles :

il le laissait dire, n'en parlait jamais, ne semblait occupé que de leur plaire; et quand le provéditeur le mettait sur le sujet du roi Théodore, ne répondait que par des regrets infinis de la nécessité de quitter de si aimables personnes. Mais, parce qu'il ne faisait rien comme un autre, on trouva, un beau jour, quand on le vint chercher de la part du provéditeur, qu'il était parti le matin avec Lazare et deux chevaux seulement sans dire où il comptait aller. On dépêcha d'abord après lui sur les routes, et l'un des messagers le rencontra enfin au-dessus et à l'extrémité des étangs de Biguglia. Il lui remit une lettre de Rivarola, et lui demanda ses ordres en réponse.

— Mon ami, dit le chevalier, baisez les mains à monsieur le provéditeur : dites-lui qu'il fait si chaud que je ne saurais revenir sur mes pas; que je le remercie très humblement de m'avoir appris la victoire du

roi Théodore, et que, dans quelque temps,
j'espère lui rendre bon compte de tout ce
que j'aurai vu. Je me dirigeais vers Venzolasca pour voir mes amis les Catalanzi; mais
je change de marche, et je vais à Corte.
Par le temps qui court, il faut prendre les
royautés au passage. Lazare, mon trésorier,
donnez une piastre à cet homme, et adieu.

Le messager repartit, et le chevalier,
changeant en effet de marche, se dirigea
par la montagne vers la vallée, ou plutôt
le ravin, au fond duquel le Golo roule ses
eaux. La route qui conduit aujourd'hui de
Bastia jusques à Corte, et de Corte jusqu'au
golfe d'Ajaccio, n'était alors que fort impar-
faitement tracée. Quelques ponts à arches
aiguës, si étroits qu'une voiture pouvait
à peine les traverser, défendus par de petits
ouvrages, ou couverts par une façon de tour
crénelée, avaient été construits par les
Génois aux points où le passage du torrent

était le plus nécessaire. En bien d'autres
endroits, il fallait descendre le long de
pentes presque perpendiculaires, traverser
des gués, remonter le long de rochers à
pic; et le voyage, sans être dangereux, était
difficile et pénible.

M. de Montry ne cheminait pas moins
au milieu de cette solitude sauvage. Il
avait passé la première nuit à la belle
étoile, la seconde dans une cabane au
moins médiocre; et comme le troisième
jour avançait, et que la valise de provisions placée sur le cheval de Lazare se
trouvait vide, il envoya son confident chercher un peu de pain et de vin dans un petit
hameau qu'on apercevait au loin. Quant à
lui, il continuait sa route aussi gaiement
que s'il eût été entre Meaux et Paris, pen-
sant assez à la France, beaucoup à la mission
dont il faudrait rendre compte à M. le cardinal, et plus souvent encore à ses amis

de Venzolasca, à la douleur de Claire, à l'af-
fliction de Savério.

Cependant le temps marchait, et Lazare ne revenait pas. Le chevalier avait
ralenti le pas de sa monture, et descendait doucement dans la gorge étroite et
pittoresque où le pont de Vignale donne
aujourd'hui un assez facile passage. La
chaleur était lourde, le ciel couvert, les
eaux se brisaient avec fracas au milieu des
rocs sur lesquels elles bondissaient; et la
descente devenait presque dangereuse à
cause de la fatigue du cheval et de l'aspé-
rité du chemin. Deux fois M. de Montry
sentit son coursier s'abattre, deux fois il
le releva d'une main ferme; mais alors il
s'aperçut avec chagrin que, pendant sa rê-
verie, il avait abandonné le sentier tracé.
Remonter en arrière était impossible; aller
en avant était dangereux. Une mousse
courte et fraîche qu'entretenait l'humidité

du torrent rendait les roches si glissantes,
que le cheval n'osait plus y hasarder son
pied; un immense morceau de granit, détaché par quelque convulsion de la nature,
semblait barrer le passage; des arbustes
épars pendaient çà et là; des pierres rou-
laient de tous côtés sous les pas; le cheval
ni le cavalier n'étaient plus qu'en équilibre
au-dessus du torrent.

M. de Montry jeta les yeux autour de
lui, et, loin vers le haut des collines, il
aperçut un homme qu'il crut d'abord être
Lazare. Il lui fit signe de loin et l'appela
d'un long cri. L'homme s'arrêta debout
et se montra sur le haut du rocher. Au
premier instant, M. de Montry crut reconnaître en lui Jérôme Ampugnani, cet
espion qui lui avait promis une haine
éternelle, et qui déjà sur la plate-forme
d'Antisanti avait voulu lui donner la mort.
Mais cette pensée ne fit que lui traverser

l'esprit, quoique Lazare, qui connaissait
Jérôme, l'eût prévenu deux ou trois fois
que l'espion rôdait sans cesse autour d'eux.
Il revint ensuite à croire que c'était Lazare
lui-même ; mais ce ne pouvait être Lazare,
puisque celui-ci était à cheval, et que l'étranger venait à pied. L'inconnu fit un long cir-
cuit : il se montra sur une autre colline, d'où
il pouvait distinguer un peu mieux ce qui se
passait dans le vallon ; puis il se perdit sous
les arbres touffus, où sans doute se trouvait
le chemin. M. de Montry pour lors essaya
de faire quelques pas encore : son cheval
glissa, s'abattit, se releva, retomba. Il allait
rouler dans le torrent, lorsqu'un paysan
Corse, sortant tout-à-coup de derrière le
rocher, saisit la bride, soutint la bête chan-
celante ; et, sans regarder M. de Montry,
dirigea le cheval d'abord vers le fond de la
gorge, où quelques troncs d'arbres, posés
sur des amas de cailloux, lui donnèrent

I.   20

moyen de passer, puis sur la pente opposée
qu'il gravit non sans peine. Alors il tourna
la tête, et lui dit d'un ton de reproche
amical :

— Vous voilà en sûreté, monsieur ; mais
une autre fois tâchez donc de ne pas essayer
une pareille descente.

— C'est vous, Lucien! s'écria M. de Montry, vous qui venez encore à mon secours.

— Le secours est bien peu de chose ;
pourtant il est venu à propos, répondit Lucien en posant son fusil près de lui. Mais,
oserai-je vous demander où vous allez par
cette route qui doit être remplie de maraudeurs?

— J'allais trouver à Corte celui que vous
appelez le roi Théodore. Je n'ai pas grand
souci des maraudeurs Génois, puisque mon
ami Meldigozzo commande par ici ; et quant
aux Corses, vous m avez appris à me confier
en eux.

— Vous avez raison, monsieur : on pourra toujours aller, une bourse à la main, dans
l'île, quand nous en serons les seuls maîtres;
je n'en dis pas autant lorsque les étrangers
y commandent.

— Ne parlons pas de moi, Lucien; mais,
je vous en prie, donnez-moi des nouvelles
de votre sœur et de votre père. Si vous pouviez deviner tout ce que j'ai eu de chagrin
de cette funeste offense!

— L'offense! elle sera réparée, ou j'y laisserai la vie : voici long-temps déjà que je
suis sur les pas de Paul Trémadino; mais je
l'atteindrai, s'il plaît à Dieu. Mon père! il est
tranquille parce qu'il sait bien que je rem-
plirai mon devoir; ma sœur! elle ne vit pas :
elle attend de moi le droit de vivre.

— Paul n'a-t-il donc rien fait pour réparer
sa faute, ou n'a-t-il pas su combien il était
coupable?

— Il doit l'avoir su, monsieur, car sa

vieille mère est venue, toute en pleurs, chez notre oncle l'abbé, le prier de dire qu'elle était seule fautive, que des rapports mensongers envoyés par un nommé Jérôme Ampugnani, qui avait contre moi un vieux ressentiment, avaient égaré son esprit, et qu'elle avait mis la rage au cœur de Paul qui se défendait toujours d'accuser Claire.

— Jérôme Ampugnani! n'est-ce pas un espion au service des Génois?

— C'est un métis, que nous avons toujours soupçonné sans avoir de preuves positives : mauvais homme, au demeurant, et dont on a mal parlé à Livourne, à propos de quelques coups de couteau.

— Et malgré le repentir de sa vieille mère Paul n'est pas descendu de la montagne pour se réconcilier avec vous tous, pour se mettre aux genoux de Claire, pour demander et pour obtenir sa main?

— Il ne le pouvait pas : vous ne le lui

auriez pas conseillé. Ce n'est pas quand le
danger est là que l'on s'humilie et qu'on reconnaît une faute. Lui donner la main de
Claire ! en supposant qu'il en fût digne, et
il ne l'a pas été, en supposant qu'il fût aimé
de ma sœur, et je l'ignore, nous n'aurions
pu la lui donner, sans une réparation ob-
tenue par les armes. Je crois être bien près
de la trace de Paul : je le trouverai ; le
reste regardera mon père, et, à défaut de
mon père, ceux qui portent notre nom.
Qu'importe ce qui arrivera de moi, pourvu
que Claire soit vengée !

— Vous êtes un noble jeune homme, Lucien : votre amitié honore et votre voix
réchauffe le cœur.

— Mon Dieu ! je ne suis qu'un pauvre
Corse, mais à qui l'on a fait comprendre ce
que l'honneur exige. Dans votre pays, en Italie, en Europe, si vous voulez que je me serve
de ce mot, on dit que nous sommes des

barbares parce que nous portons un fusil
qui nous sert, au lieu de porter, comme
les Français , une épée qui ne sert pas; on
dit que nous sommes des barbares parce
que nous dénonçons la vengeance à notre
ennemi , au lieu de le tuer en trahison ,
comme à Venise; on dit que nous sommes
des barbares parce que nous faisons payer
le sang et l'honneur avec du sang, au lieu
de les évaluer en procédure et en or comme
en Angleterre. Barbares ! soit : mais des
barbares qui défendons nos femmes, nos
pères, notre patrie , qui ne demandons au
ciel que du soleil, aux hommes que l'oubli,
à Dieu que la liberté !

— Ah! je voudrais vivre et combattre
avec vous.

— Combattre? peut-être, monsieur :
mais vivre? cela ne serait possible, ni à
vous, ni à personne de ceux qui n'ont
pas nos habitudes. Je suis bien jeune,

mais, enfin, j'ai vu d'autres villes, un autre
pays : rien dans les idées, rien dans les
mœurs n'a de rapports avec nous. Quels
sont nos voisins les plus proches? les Elbois
ou les Sardes. Eh bien! ceux-là sont Italiens, ceux-ci Espagnols. Il n'y a de Corses
que nous; nous sommes Corses et pas autre
chose; point bonnes gens, point aimables,
point habiles aux arts, mais gens d'honneur et de sentiments profonds, loyaux envers Dieu, fidèles envers nous-mêmes...

— Et généreux envers les autres, mon
cher Lucien.

— La générosité que l'on a pour les autres n'est jamais qu'une satisfaction que
l'on s'accorde à soi-même. Ne prononçons
jamais ce mot, monsieur. Vous aviez noblement tenu votre parole à Bastia : ce
n'est pas votre faute si celui à qui vous
aviez rendu la vie et la liberté n'en a fait

qu'un coupable usage, mais votre dette
était bien acquittée.

— Permettez-moi de ne me croire quitte
que lorsque je verrai le bonheur rentré
dans votre maison, et la liberté dans votre
île.

— Attendez! attendez! monsieur, interrompit brusquement Lucien. Quelqu'un
s'approche là haut, à l'abri du feuillage;
c'est peut-être Paul Trémadino!

— Ce sera sans doute Lazare, mon
valet, que j'ai envoyé avec un cheval...

— Non, celui-ci est à pied.

— C'est, pour lors, un paysan que j'ai
aperçu de loin, et à qui j'avais fait signe de
venir à mon aide.

Lucien et le chevalier étaient alors sur
le haut du sentier, en un endroit où la colline tourne, et placés de telle façon que
celui des deux qui était avancé vers le bord
de la route se trouvait seul en vue, l'autre

devant nécessairement passer derrière lui.
Une masse de rochers surplombait si fort
au-dessus d'eux, et le chemin descendait
si rapidement au détour, que, même en se
tenant debout, on avait le visage presque
caché, mais la poitrine et le corps tout-à-
fait découverts. Deux hommes avaient ef-
fectivement paru sur les deux versants op-
posés de la vallée : l'un, c'était Paul Trémadino, s'avançait avec précaution, la tête
en avant, le fusil en arrêt; mais il n'avait
pu être aperçu ni de Lucien, ni du chevalier, car il gravissait le rocher presque au-
dessus d'eux, et ne les voyait pas lui-même,
quoiqu'il entendît le bruit confus de leurs
voix; l'autre paraissait être le paysan que
M. de Montry avait appelé, et qui tournait
depuis un moment dans les arbres, comme
pour chercher à reconnaître plus distinc-
tement quel était ce voyageur en péril.
Celui-là était vêtu en berger, plutôt qu'en

chasseur; mais à la manière dont il jouait
avec sa carabine on pouvait supposer qu'il
avait une longue habitude des armes. Il se
glissa sans bruit au long des rochers,
franchit une petite chute d'eau, toujours
en détournant le visage comme pour se cacher, remonta quelques pas, et se trouva
enfin à côté du bloc de granit d'où Lucien
était sorti naguère. De ce point, et à quarante pas de distance environ, il voyait en
face M. de Montry qui venait de se lever
au bord de la route. Une exclamation de
joie s'échappa de sa poitrine : il fit un pas
en arrière pour bien assurer son pied, et
arma sa carabine. Mais l'exclamation avait
été entendue : le chevalier tourna vivement
les yeux vers lui.

— L'espion! s'écria-t-il.

— L'espion! répéta d'une voix étonnée
Paul Trémadino qui arrivait, en cet in-

stant, à quelques pas du chevalier, sur le flanc de la colline.

Lucien ne dit rien; mais son oreille exercée avait entendu le bruit du chien armé par Jérôme Ampugnani. Il se précipite pour saisir le fusil qu'il avait posé par terre, le ramasse, et, dans ce mouvement rapide, passe devant M. de Montry qui se trouva sous le rocher.

Jérôme avait mis en joue; le coup partit et fut mortel. Lucien le reçut dans le cœur; il tomba : son fusil échappa de sa main.

— Assassin! s'écria M. de Montry, en ramassant l'arme, j'aurai ta vie!

— Ah! je me suis trompé! dit froidement Jérôme; voyons à mieux faire.

Il n'acheva pas. Paul avait vu le coup. Il avait entendu le mot d'espion, le mot d'assassin; il tira. Jérôme fit un bond en arrière, tourna sur lui-même, et tomba, la tête la première, au fond du ravin. La

balle de M. de Montry brisa un arbuste,
à la place même où Jérôme s'était appuyé.

Paul sauta sur la route.

— Qui donc a été frappé? dit-il.

Il se trouva en face du chevalier, qui, pen-
ché sur le corps de Lucien, cherchait à ra-
nimer la vie, trop tôt éteinte dans ce noble
cœur.

— Ah! qui que vous soyez, s'écria celui-
ci, aidez-moi à le secourir!

— Mort! dit Paul; mort! le frère de
Claire!

— Êtes-vous donc Paul Trémadino?

— Êtes-vous donc le chevalier de Montry?

— Je suis l'ami, l'hôte, le frère de Lucien : et Lucien n'est plus!

— Ah! pourquoi m'avez-vous délivré à
Bastia?

En ce moment des cavaliers, conduits
par Meldigozzo, que Lazare avait rencontré

dans le hameau prochain, arrivaient le long du sentier où ils avaient entendu le bruit des armes.

— Fuyez! dit le chevalier! fuyez, je ne pourrais peut-être pas vous arracher de leurs mains.

— Ah! que n'est-ce moi qui suis mort? Pauvre Claire! elle verra Lucien sans vie! elle me haïra davantage encore!

— Non, car je lui dirai que vous l'avez vengé.

FIN DU PREMIER VOLUME.

TABLE.

Œuvres complètes du Capitaine M

Le succès obtenu par la traduction des *Œuvres du Capitaine Marryat*, de M. Defauconpret, leur a valu les honneurs de la contrefaçon en Belgique et de deux concurrences en France, sans que le débit en ait souffert. Le prompt épuisement des deux éditions, déjà publiées par nous, nécessitait une réimpression nouvelle, et le grand nombre de notre nouveau tirage nous permet de réduire considérablement notre prix, malgré les dépenses nécessitées par l'établissement de 28 charmantes vignettes et d'un beau portrait de l'auteur.

CONDITIONS DE LA SOUSCRIPTION.

Les *Œuvres complètes du Capitaine Marryat* forment 28 volumes in-8°, ornés de son portrait et de 28 vignettes dessinées par Trimolet et gravées par Porret, Odiardi, Chevauchet, etc. Elles paraîtront par livraison de 2 volumes et de 2 gravures, renfermant au moins un roman complet. Il paraît une livraison tous les dix jours à compter du 25 mars. Le prix de chaque livraison est de 6 fr.

Titres des ouvrages du Capitaine Marryat.

PIERRE SIMPLE, ou Aventures d'un Officier de marine, 2 vol.

JACOB FIDÈLE, ou les Marins d'eau douce, 2 vol.

JAPHET A LA RECHERCHE D'UN PÈRE. 2 vol.

M. LE MIDSHIPMAN AISÉ, 2 vol.

RATTLIN LE MARIN, 2 vol.

KING'S OWN, ou Il est au Roi! 2 vol.

LE PIRATE ET LES TROIS CUTTERS, suivi de CLAIR-DE-LUNE, 2 vol.

FRANCK MILDMAY, ou l'Officier de la Marine royale, 2 vol.

NEWTON FORSTER, ou la marine marchande, 2 vol.

LE PACHA A MILLE ET UNE QUEUES, 2 vol.

SNARLEY YOW, ou le Chien Diable 2 vol.

LE VIEUX COMMODORE, 2 vol.

ARDENT TROUGHTON, ou le Commerçant naufragé, 2 vol.

LE VAISSEAU FANTÔME, 2 vol.

On souscrit sans rien payer d'avance,

A LA LIBRAIRIE DE CHARLES GOSSELIN ET W. COQUEBERT,
9, RUE SAINT-GERMAIN-DES-PRÉS,

ARMAND POUGIN, quai des Augustins, 49;

SCHWARTZ et GAGNOT, ED. LEGRAND et DESCAURIET,
CORBET aîné, VICTOR MAGEN,

Libraires, quai des Augustins.

PARIS. — IMPRIMERIE DE BOURGOGNE et MARTINET,
rue Jacob, 30.